攀登者

The Climber

阿来 著

人民文学出版社

PEOPLE'S LITERATURE PUBLISHING HOUSE

图书在版编目(CIP)数据

攀登者/阿来著. —北京:人民文学出版社,
2019(2019.10重印)
ISBN 978-7-02-015646-7

Ⅰ.①攀… Ⅱ.①阿… Ⅲ.①长篇小说-中国-当代
Ⅳ.①I247.5

中国版本图书馆 CIP 数据核字(2019)第 177607 号

责任编辑　甘　慧　杜玉花
装帧设计　汪佳诗

出版发行　**人民文学出版社**
社　　址　**北京市朝内大街 166 号**
邮政编码　**100705**
网　　址　**http://www.rw-cn.com**

印　　制　**上海利丰雅高印刷有限公司**
经　　销　**全国新华书店等**

字　　数　**80 千字**
开　　本　**889 毫米×1194 毫米　1/32**
印　　张　**5.5**
版　　次　**2019 年 10 月北京第 1 版**
印　　次　**2019 年 10 月第 2 次印刷**

书　　号　**978-7-02-015646-7**
定　　价　**39.80 元**

如有印装质量问题,请与本社图书销售中心调换。电话:010-65233595

会当凌绝顶，

一览众山小。

手 书 杜 甫 诗

一　珠峰　白天

春天来到。

在南亚次大陆过冬的蓑羽鹤飞行向北回返青藏高原的路线上。

它们排开整齐有序的阵形在连绵起伏的喜马拉雅山区的雪峰之上飞翔。在它们前方，喜马拉雅山脉的最高峰珠穆朗玛巍然耸立，横亘在天际线上。

蓑羽鹤并不能靠自身的飞行能力翻越珠峰，它们只是在山腰平展开翅膀，盘旋，盘旋。它们在等待风，等待上升的气流，为了回归，它们哪怕力竭而亡依然会在天空中盘旋着等待。上升的气流驱动着薄薄的云雾来了。蓑羽鹤阵随着上升的热气流盘旋上升。

鹰隼攻击，体弱的蓑羽鹤被击落，雪地上血迹斑斑。鹤阵依然井然有序地沉默着上升。

紊乱的气流袭来，把几只鹤压下去，跌落雪坡，它们对着上升的鹤群哀哀鸣叫。

鹤群依然上升，顽强地上升，终于飞越珠穆朗玛的顶峰。它们发出欢快的鸣叫声，顺风滑翔，飞向苍茫无际的青藏，一马平川的青藏高原。

二 珠峰峰顶 夜

1960 年 5 月。

凌晨四点。狂风稍息。光线昏暗。

三个人沿着山脊向上摸索前行。暗淡的星光照出隐隐约约的地面。

前面两个人被结组绳上最后那个人牵绊住了。

队尾那人弯着腰粗重地喘息。

最前面的王五洲摘下氧气面罩，问身后的多杰贡布："怎么不走了？"

多杰贡布挥了挥手中的冰镐："曲松林在休息。"

"催他。"

"他脚冻伤了。"

王五洲固执地说："催他。"

贡布拉拉结组绳，弯腰喘息的曲松林嗓音嘶哑："我找不到脚了。还有多远啊！"

王五洲说："再坚持一下，从第二台阶上来都四个多小时了，应该快到了。"

"那我要准备摄影机了。"

多杰贡布："天这么黑，人都看不见，机器看得见吗？"

曲松林还是从背包里拿出摄影机，再重新把背包背上。这样一个简单的动作，用去了好几分钟时间。前面两个人冻得瑟瑟发抖。曲终于又迈开了步伐。他终于和前面两个人站在了一起。

王五洲抖抖结组绳，重新迈开了步子。多杰贡布紧紧跟随。他必须跟得很紧，他的眼睛因为雪盲，看不清路。他必须让自己听得见王五洲的脚步声和粗重的呼吸。

曲松林站住，打开摄影机。镜头前一片模糊。一片影影绰绰的雪坡，两个挣扎着前行的模糊身影。曲操纵摄影机时，放下了冰镐，这使他的身体失去了支撑。当他重新迈开步子时，趔趄一下，身体倒地，他惊呼一声，顺着冰坡迅速下滑。

王五洲听到这一声惊呼，下意识地把冰镐猛一下插进身前的冰雪中，并把整个身体扑了上去。

曲继续下滑，绷直的结组绳猛然一顿，王手下的冰镐险些就被拔了出来。

多杰贡布也被绳子拉倒。他倒下时，奋力扑在了王五洲身上，两个人的体重，才使松动的冰镐又插回了地面。

曲一只手紧抓着摄影机，头冲下挂在悬崖边缘。

上面传来喊声："抓紧绳子，不要松手！"

曲嘶哑着嗓子："把摄影机拉上去，不要管我了！"

"不行，老曲，坚持住！"

"我不行了。你们两个一定要上去啊！"

上面没有回音，似乎默认了他的决定。

但结组绳紧紧地绷着，曲一只手紧抓摄影机，另一只手试图解开拴在腰间的结组绳，却怎么也解不开。何况，要是绳结一旦解开，摄影机也会同他一起坠落深谷。

"曲松林！曲松林！"上面又传来了喊声。

曲的声音都带上了哭腔："想死都不行啊！你们拉吧。"

他横着身子，奋力用脚上的冰爪踢开冰面，找到一个支撑点，把倒悬的身子正了过来。他松了一口气："好了，你们拉吧。"

但是，无论上面怎么用力，绳子都纹丝不动。曲松林也感觉不到一点点上升的力量。

王五洲让多杰贡布把稳冰锥，自己顺着绳索，在冰坡上摸索而下。原来，是保护绳深深地嵌入一道岩缝中，紧紧卡住了。曲的头灯照到，王试图把绳索从岩缝中起出来，但没有丝毫作用。

曲绝望地闭上眼睛。

一条绳子从上面悬垂下来，在曲松林面前摇摆。

曲松林试图把摄像机绑上，一只手不行，但悬坠在半空中的他又无法腾出两只手来。

王："老曲，抓住绳子！"

"摄影机怎么办？"

王沉默。

"你快想个办法！"

王："人重要还是机器重要？！"

曲用尽力气用脚在陡峭的冰面上又踢出一个支点，支撑着身体尽力向上。终于接近了王。他把摄影机推到王手边，王不接。王把绳子递到他手上。

曲说："队长说过，摄影机就是性命……我们要用摄影机证明中国人登上了峰顶。"

王："没有人，怎么登上峰顶？老曲，十几个人冲顶，死的死，伤的伤，眼下就剩我们三个人了，不上去，对不起他们啊!"

"为这机器,已经牺牲一个同志了!"

王:"多一个人,就多一份登顶的希望。我是代理队长,我命令你扔掉机器!"

曲松手,腾出手来抓住绳索,摄影机从他手上滑落坠下了深谷。机器下落,和山壁碰撞,发出巨大的回响。

"曲松林! 曲松林!"

曲在下面声音微弱:"摄影机掉下去了。"

当他脱离危险时,三个人都倒在了山脊上,什么话都没有,只有粗重无比的喘息。

王五洲翻身起来,摸索着检查了曲松林腰间的绳子,又手持着冰镐继续前进了。

好一阵艰难的攀登,意识模糊、反应迟钝的他们只是在机械地挪动脚步。

终于,王一脚踏空,上坡的路从脚下消失了。他摔倒了,摔在了山的另一边。

"下坡? 怎么下坡了?"

王五洲躺在地上问。

多杰贡布和曲松林也都爬上了峰顶。那就是一块两米见方的冰雪地面。两个人跪在地上，伸出手向着四面摸索。确实，每一面都是下坡，再没有往上的地方了。

两个人把跌在峰顶另一边的王五洲拉回到峰顶上来。

他们都拉下氧气面罩。

"真的上来了？"

"真的上来了！"

"我们登顶成功了？"

"我们登顶成功了！"

三个人拥抱到一起。臃肿的登山服、背上的登山包和氧气瓶并不能让他们真正完成拥抱的动作。

虽然没有人会看见，甚至星光稀薄的天空也不能看见，他们仍然展开了五星红旗。风中，旗帜猎猎振动，三个人齐声嘶喊："万岁！祖国万岁！"

王五洲想起来："队长他们还在下面，发信号，发信号。"

多杰贡布举起信号枪，一颗，两颗，三颗。三颗红色信号弹升起，燃烧，下坠，熄灭。被信号弹照亮的顶峰，又陷入黑暗。

山下某处，响起雪崩的声音，在山谷间隆隆回荡。

多杰贡布用冰镐把冰雪刨开，下面是岩石。冰镐落下，除了几粒火星飞溅，岩石仍纹丝不动。

王五洲在顶峰下面一两米处，摸索到一道岩石裂缝，他用冰镐把岩缝再扩大一点，然后把五星红旗包裹起来，塞进了岩缝。王五洲又把耗尽了电池的头灯取下来，也塞进岩缝。三人合力用碎石和冰块把那个岩缝封起。

王五洲说："记住这个地方。这些东西可以证明我们登顶成功。"他一口气喘不上来。

曲松林接着说："证明我们于1960年5月从北坡登顶！"

王五洲看看手表："4时20分。今天是几号？"

两个人都摇头："想不起来。"

天边出现了早霞。霞光艳红，如旗帜一般，如血一般。在他们蹒跚下山的时候，渐渐把东边的天空铺满。

三　1973 年　北京　地质学院宿舍　夜

字幕：十三年后

王五洲在梦中呼喊，惊醒了他的妻子徐缨。

徐缨摇晃他，让他从梦中醒来："又梦见登山了。"

王五洲喃喃道："想起来了，那是 5 月 25 号。"

徐缨心疼地："看你这一身汗。"

王五洲说："对不起，睡吧。"

从这间卧室，可以看出那个物资匮乏的年代一间婚房的特征：墙上手剪的红双喜字，两个人合影的半身照片，等等。

等徐缨睡去，王起身，拧亮台灯，坐在了书桌前。桌上镜框里，陈列着几张照片。王穿着登山服站在雪山上。他、贡布、曲松林和刘大满身穿运动服站在台上，怀抱鲜花，胸前挂着勋章，在体育场接受万众欢呼。

闪回：山顶上信号弹升起，划破夜空。

山半腰处，躺在岩腔中的刘大满苏醒过来，脱下氧气面罩，冻僵的脸上露出隐约的微笑。

更低处，第一台阶下方，队长和三个队员躺在一片雪地上。登顶成功的信号弹使他们精神振作。他们互相搀扶着站起身来。队长说："成功了，王五洲他们上去了！我们可以下山了。"此时，晨光熹微，东边的天空正升起一片彩霞。体力耗尽的他们，已经无法正常行走。他们坐在雪地上向下滑行。雪崩发生了。后面的积雪大面积下泻，追赶上他们，席卷了这几个身影，一起滑向断崖。雪崩发出洪水奔涌一样的声音，变成一片白色瀑布跌下了断崖。

王在莫斯科参加世界青年联欢节，和社会主义阵营各国青年在一起欢聚的照片。王的手指落在了揽着他肩膀的苏联人脸上："日里诺夫斯基教练。"

莫斯科，苏联登山队总部。王讲述1960年中国登山队登顶珠峰的经过，下面响起零星的掌声。日里诺夫斯基站起来，手里晃动着一份英文的《户外》杂志："王，你们的登顶，没有目击者，你们自己也没有有力的证据。"

王声辩："那是夜晚，摄影机滑坠了。我们把五星红旗和头灯埋在了峰顶。"

"可是，那些从南坡登顶的登山队并没有发现你们留下的东西。王，我们是同志，我曾经是你的教练，从纯专业角度出发，我也对你们是否登顶表示怀疑。"

王五洲把镜框扣向桌面。

徐缨披衣起床，从身后抱住王五洲。王五洲打开一个相册，是他和徐缨在一座高塔上合影的。

徐缨说："我们的登山英雄，给我那么浪漫的开始。"

闪回：

王五洲和徐缨在公园约会，王想对徐缨说什么，徐缨似乎也很期待，但王终于什么都没说，突然转身，爬上园中的一座高塔，然后又快速地爬了下来，众人围观，也让徐缨看得心惊胆战。徐缨又喜又怕，责怪他如此冒险。

王说："你知道马洛里吧？"

徐嗔怪："跟你在一起，还能不知道！"

"徐缨，当年马洛里求婚时，话说不出口，就爬上了一座教堂。"

徐缨幸福地笑了："塔同意，我也同意。"

四　地质学院教室　白天

王五洲在教室上课。

他拿出当年在珠峰顶峰采回的岩石标本，这是一块海洋生物化石："所谓沧海桑田，正是地质运动构造地理的伟力所在，这是水成岩的标本，当年的海洋生物，现在已在海拔八千多米的珠峰之巅。"

一个叫周奇志的学生举手提出问题："王老师，这块岩石真的来自珠峰吗？"

"确定无疑。"

"我在学校资料室看到外文资料，说这样的证据不足以证明你们登上了珠峰。"

同学们静静等待王五洲回答，王气极，却无力反驳。

周奇志说："听说国家又要组织攀登珠峰了，到时我一定要报名参加。"

五　地质学院校园　黄昏

广播喇叭里播出了国家将重启珠峰登山计划，对珠峰进行全面科学考察的消息。

王五洲骑着自行车，徐缨坐在后座上。王五洲把自行车骑得飞快，徐缨笑着捶他的背，叫他慢一点。

王五洲骑行的速度慢了下来。不是因为徐缨的劝阻，而是因为广播里的消息。

徐缨的脸沉了下来。

六　地质学院宿舍　夜

两人回到家，气氛凝重。

王五洲没话找话："我报名参加教材编写组了。现在的工农兵学员，水平参差不齐，系里打算编一本浅显些的地质学教材。"

徐幽幽地说："你同时报两个名，顾哪头呀！"

王满脸愧色："徐缨，你知道……"

"我知道你对我发过誓的。"

王低头："登山队三聚三散，我以为不会再……"

"三聚三散，说得对，我和你恋爱十年，也因为那个三聚三散，你有六年在登山训练营。登山是为国奉献，教书育人、科学研究就不是为国奉献吗？你多大岁数了，你以为你还能再次登顶珠峰吗？"

"十年了，老曲一个人蹲守在登山训练营……我们都对着珠峰、对着牺牲的战友发过誓言。"

徐缨有着学者的理智，她平静一下自己的情绪："你也对我发过誓言。一个人不该发下两条互相冲突的誓言。"

"我爱你！我知道为了登山你等了我整整十年。"

"十年，对，十年间你三赴登山训练营，有六年时间不在我身边，那是什么恋爱？我不能反对你履行对珠峰的誓言，但我可以不想和你过了。"徐缨起身，取出一封信，放在他面前，"对不起，我三天前就收到了老曲给你的信，这是另一条誓言对你的召唤！"

徐缨："你们不就是想证明吗？你要证明给谁看？国家都承认了你们登顶，我也认为你是了不起的登山英雄，你还需要证明给谁看？！"

"证明给所有怀疑的人看！如果不让全世界看到我们再次登顶，我对不起大满，对不起老曲，更对不起那些牺牲在山上的队友。"

徐缨叹气，流泪："那就只好对不起我了。我们说好要做一对学术夫妻，你现在是有家有室的人了，你的生命不再是一个人的了！"

王五洲："你要相信我一定能上去！"

"五洲，我不想再过牵肠挂肚、一封信都要等一个多月的日子了，如果你坚持要去，我们离婚吧。"

七　小饭馆　夜

刘大满和王五洲在一起喝酒。

王五洲浅尝辄止，刘大满有些醉了："好，好，你这个小老弟生逢其时，我只有眼红的份儿了。"说完，他被一口酒呛住，趴在桌上咳得喘不过气来。

"唉，当年登山什么都不懂，只想把氧气留给你们，可我摘下面罩干什么？让冷空气把嗓子搞坏了。平地上都呼吸困难，高海拔的地方，我是再去不成了。"

王五洲握住刘大满的手："不再上去一次，让全世界看见，对不起你，更对不起牺牲了的同志。"

刘大满："老曲说，他最后悔听了你的话，说就是牺牲自己也该把摄影机带上去。"

王五洲情绪震动："老曲没有对我说过。"

"共过生死的兄弟，这话怎么对你说？"

八　地质学院宿舍　夜

徐缨等着王五洲回家。

出门的行装已经整理好了，一只登山包装得满满当当，像个人一样蹲在门边。

她在翻看相册。准确地说，那不是一本相册。是一本笔记本，上面写着中国登山队字样。封面已经有些陈旧卷曲了。相册打开，上面贴着一张张记录两个人爱情经历的照片。最后，就是那张他们两人在公园塔前的照片。两个人的表情幸福甜蜜，笑容灿烂。

王五洲推门进来，看着徐缨没有说话。

倒是徐缨说："我知道你见刘大满去了。"

王五洲说："连老曲都在怪我。说他宁愿牺牲也不愿丢了摄影机，当年，是我下的命令。"

徐缨没转身，一页页翻着相册："多么短暂！本以为刚刚开始，不想却已经是结束。"

徐缨把一双刚织好的毛线手套放在桌上："你已经冻掉

两根手指了，自己保重吧。"说完，她就转身离开了家。

王五洲想起身，终于没有站起身来。

王五洲剪下旧登山服上的一块红色布料，为这本相册裱上一个新的封面。然后趴在桌前睡去。

九　珠峰附近　登山训练营　白天

几排白墙青瓦的平房，一道土夯的围墙，围出一个宽大的院落。操场上长出了荒草，训练设施显得破旧不堪。倒是墙外的一片菜地长得郁郁葱葱，几个工人在菜地里劳动。

远处巍峨的珠峰刺破蓝天，银光闪闪。近处是一些平顶泥房的藏族村落和田野。训练营就坐落在村子和雪峰之间。

曲松林站在一架梯子上，训练营拱门上几个圆形铁片锈迹斑斑，"中国登山队训练营"几个大字隐约可见。

留守的后勤人员正在铲除院中的杂草。

曲松林站在梯子上大声喊道："黑牡丹！"

黑牡丹闻声，放下铁铲，奔跑过来，脚上的橡胶雨靴嗵嗵作响。

面孔黑红的黑牡丹站在梯子下面，把手中的油漆罐递给曲松林，又递上排笔。

曲松林用排笔蘸上红色油漆，重新描出那几个黯淡的大字。

黑牡丹张大嘴，仰起脸，老半天才打出了一个响亮的喷嚏。然后，自己弯下腰大笑。

曲大声说："登山队就要回来了，准备工作多，可不敢感冒！"

黑牡丹直起腰来，一脸灿烂的笑容："曲主任，不是感冒，是油漆的味道！"

曲嗅嗅排笔："我怎么没有觉得？"

"王队长说什么时候回来了吗？"

"我想快了！"

"我也要参加登山队！"

曲松林从梯子上下来，仰头看那几个重新上了红漆的铁牌，上面的大字在高原的阳光下闪烁着光芒。他走起路来有些瘸，那是 1960 年登顶珠峰时冻掉了半个脚掌的缘故。

曲回头对黑牡丹说："参加登山队？你参加登山队都六年了。"

黑牡丹随曲松林走到猪圈前，几头猪膘肥体壮，躺在阳光下一动不动。

"我要参加真正的登山队！"

"真正的登山队？"曲松林兴奋的脸上显现出忧郁的神情，"我也想参加真正的登山队。"

十　北京　地质学院宿舍　夜

王五洲回家。

徐缨不在，但出门的行装已经整理好了。装得满满当当的登山包蹲在门边。

桌上还有一封信等着他："五洲，我不能像你一样当个英雄，我只能在平凡的岗位上默默工作，只能以这种平凡的方式热爱国家。作为一个女人，我不能再像恋爱时那样一直等待，在害怕随时有山难消息传来的等待中生活了。我再不能忍受分别的痛苦，只好以这种方式和你告别。你也不要难过，安心上路吧。家国，家国，你不可能同时履行两条誓言。那就去成就你的英雄梦吧！"

王五洲睡着了，徐缨留下的分手信还捂在胸前。

当年攀登珠峰的情景又重回梦境。

十一 珠峰 第二台阶 黄昏

远天血红的晚霞正渐渐变暗。

海拔 8600 米的珠峰第二台阶前，狂风卷起地上的积雪，一片混沌。一道七八米高的岩壁竖立在他们面前。

多杰贡布沿着岩石上一道缝隙慢慢向上攀登，上去两三米，裂缝变窄，消失，再没有攀手的地方，他从上面重重跌落下来，晕了过去。

曲松林："我去探探，看有没有别的路。"

王五洲拉住他："这是唯一的路。"

"这上得去吗？"

"必须上去！"

"怎么上去？！"

"大家冷静，休息一下，想想办法。"

几个人蜷缩在第二台阶的岩石下面，狂风卷着积雪，在身上猛烈抽打。夜正在降临，黑黝黝的岩壁耸立在他们面前。风稍一松，飞舞的雪花沉降下来，露出岩石上方的夜空，寒星闪闪。

步话机里响起一阵杂音，然后传来一个人微弱的声音："突击队，突击队！"

王五洲："队长，你在哪里！"

"你们到了哪里？"

"第二台阶！"

"我们的氧气和体力都耗光了，三名队员严重冻伤，我在这里组织下撤。"风雪声中，话筒里传来的声音越来越微弱，"现在，按预定方案，你是突击队队长了。突击顶峰的任务，就落在你身上了。"

步话机那一头，一个人在一片雪坡上，扶起一个人，那个人摇摇晃晃地站起来，他又去扶另一个跌坐在地上的人；这个人刚站起，前面扶起的那个人又在雪地上跌倒了。

十二　地质学院宿舍　夜

王五洲惊醒，翻身而起。

他睡不着，起身坐在桌前给徐缨写信。

天亮了，王五洲背起登山包，用留恋的眼光打量这个使用不到一年的婚房，毅然关上了房门。他站在贴着大红喜字的门口，把钥匙装进那封写好的信里，从门缝底下塞回到屋里。

十三　珠峰下某山口　白天

一辆吉普车在盘山路上奔驰，车身后拉出一条长长的尘土带。

车驶上山口，停下。

王五洲和曲松林从车上下来，并肩而立。

群山绵延，苍茫无际，在这灰蒙蒙的群山的波涛之上，珠穆朗玛峰金字塔形的水晶般的身躯出现在他们眼前。

曲松林微瘸着腿往前走了两步："中国登山队又回来了！"

王五洲没有说话，他眼里有隐约的泪光："十三年了！"

曲攀着王的肩膀："你多少岁？三十六岁！好啊，当年我们四个，就数你年轻，才二十出头，大学生！"

曲松林有些自嘲地看看自己的右脚，那只鞋子因为常年有半截空着，前部明显地瘪下去了："我就只有种菜喂猪，给你们搞好后勤啰！"

山口上，风很强劲。

两个人回到车上，眼望着珠峰还是舍不得马上离去。

王坐在前排，扭头对后排的曲说："多杰贡布肯定能回来吧。"

"都当上科长了！去年，他出差时还特意来训练营看过。这个藏族兄弟，流泪了呢。他说，只要有重登珠峰的一天，他一定回来！"

"唉，可惜，大满怕是回不来了。"

曲问："他什么情况？"

王五洲举举缺了两个指头的右手："还不都是当年在山上落下的毛病，脱了氧气面罩，喉咙冻伤，温度一低就喘不上气来。"

十四　训练营　白天

几辆解放牌卡车开进新漆了大字的训练营大门。

曲松林从领头的卡车驾驶室下来，新召集的登山队员纷纷从卡车上跳下来。他们在车下拍打着身上的尘土，一时间，飞扬的尘土把人们包围起来。

黑牡丹和训练营的留守人员冲进尘土中，把他们的行李搬进房间。

曲松林冲黑牡丹喊："热水！"

立即，锅炉房喷出一股白色的水蒸气，平房前的洗漱台上的一排水龙头都打开了。热水哗哗涌流，每一只水龙头前早就放好一只崭新的搪瓷面盆，一条毛巾，一块肥皂，漱口缸里放着牙膏牙刷。

一身尘土的队员们齐刷刷奔向洗漱台。

只有一个队员，不洗脸，也不用毛巾抽打身上的尘土，而是跑到单杠前，跳上去，旋转几下，做一个单手倒立，又轻松地空翻下杠。这才拍拍手走到洗漱台前。

曲兴奋地跟上去，问："同志，你叫什么名字？"

他看森林工人出身的曲松林有些土气的样子，不慌不忙地吐出漱口水："夏伯阳！"

曲也不计较，他把头往珠峰方向一歪："哦，苏联同志啊，十几年前我们合作过啊！"

夏赶紧用毛巾擦一把脸："对不起，前辈，我失礼。请问您贵姓。"

"贵什么姓，我姓曲。"

夏失声道："曲松林！十几年前登顶的三英雄之一啊！"他转身就高喊："同志们！"

大家齐齐地转过身来，曲拦在了他前面："同志们，现在开始分配房间！完了开饭！我们杀了一头猪欢迎大家！"

人群散去，夏伯阳还站在曲松林身边。

曲对他说："夏伯阳，好！想当英雄的人才来登山！"

"我姓夏，单名一个榆字。"

"还是夏伯阳好！有英雄气，我以后就叫你夏伯阳了。去找你的房间吧。"

十五　青藏高原　某边防军营地　白天

电台嘀嘀嗒嗒。

一张电报落在了侦察参谋李国梁手上。

电报交到团长手上。

团长念出声来:"令你部抽调一名身强力壮且政治可靠者,括号,不论干部战士,反括号,即刻前往国家登山队珠峰训练营报到。"

李国梁立正:"团长,这个人就是我了!"

"你这个大学生不是自愿要求到我们边防团来的吗?"

"报告团长!我是向往喜马拉雅山才参军的,珠穆朗玛峰是喜马拉雅山的最高峰,你就让我去吧。等我上山走一趟,马上就回部队来。"

团长说:"身强力壮——你天天跑步,不错;政治可靠——《人民日报》社论都是你给大家讲解的。可是说好了,爬一趟山就要回来啊!"

李国梁立正:"谢谢团长!"

十六　拉萨城　白天

王五洲的吉普车离开大街穿行在曲折的小巷，停在了一个藏式小院前。

喇叭声一响，穿着一身旧军装的多杰贡布就从院里跑了出来。

两个人紧紧拥抱。他问王五洲："这回是真的了吧？"

"毛主席让邓小平回来协助周总理搞治理整顿，这回肯定是真的了。"

多杰贡布说："当年登顶什么都看不清楚，外国佬说我们那些话，有时我都要当真了！这回一定要白天上去，白天下来！"

王五洲："山是咱中国的山，这回一定要让全世界看见！"

院门口又出来两个人。一个是贡布的妻子，她身旁站着大眼睛鬈发的女儿。两个女人都对着来客有些羞怯地微笑。

王五洲把一袋水果糖塞到贡布女儿手上，然后把她揽进了怀里，他的眼睛却看着多杰贡布的妻子："对不起，我要把你爸爸带走了。"

女人立即就红了眼圈。

多杰贡布说："她担心得很呢，有人说登山是要骑到山神头上，我告诉她那是封建迷信。"

女人不说话，把一个装得满满当当的登山包，塞进车里。

车开动了，后面传来小姑娘的哭声。

多杰贡布没有回头，他对司机说："开快一点。"

直到拉萨城远远落在身后，雄踞全城的布达拉宫剩下一个遥远的影子，多杰贡布才开口："队长，你也有孩子了吧，儿子还是女儿？"

王五洲叹息一声，说："也许我该娶个藏族老婆，舍不得分开，但不会反对。"

多杰贡布说："那也怪不得，你们离家实在太远了。"

多杰贡布突然猛拍脑门："老天爷，都走到家门口了，我都没有请你坐下来喝一碗茶！这个女人，她怎么也不提醒我一下。"

"那是她知道你的心已经飞走了。"

多杰贡布说："不行，我们回去，吃顿饭再走。"

王五洲揽住多杰贡布的肩膀："算了，不要让你妻子和女儿再伤心一次了。"

车前的蓝色天空中，高空风驱动着大块的云团疾速移动，群山起伏，云彩投下的阴影也在快速移动。

镜头闪回北京：

徐缨在办公室，面对着一张等温线图，一脸落寞的神情。她拉开抽屉，抚摸着王五洲留给她的信，眼前恍然出现了那些温度高低不同的群山连绵的青藏高原。

高原上，王五洲坐在吉普车里，眼前起伏的地形，连绵不断。天上，白色的灰色的深浅不一的云团随风翻卷。

画外音响起：

"徐缨吾妻：这是我们分别的第一个月。离开北京到达珠峰地区，路上的行程就花了二十三天。谢谢你亲手编织手套，一路风寒中，使我深度冻伤过的手得到温暖。你不在家里。你说得对，我为了对国家的誓言违背了我对你、对我们小家的誓言。你说得对，我留在学校教学，结合自己多年的野外经验进行地质研究，也是报效国家，就像你从事气象研究也是报效国家。如果说当年登山，是抱着一腔青春热血；今天，我感觉到的更多是一份沉重的责任。为了那些因攀登珠峰而受伤、牺牲的当年队友们的希望与嘱托。你也知道，每一次午夜梦回，心里那个声音都在喊：上去，上去！

每天，路程漫漫，我甚至幻想你就在身边，领略大好河山的雄浑壮阔。也许，无须其他理由，就是这壮美的体验，就会吸引人一次又一次重登高原。也许，这就是马洛里所说，因为山在那里的根本原因吧。

我希望，你再等我一年，两年，最多三年！那时，无论有没有登顶，只要我活着回来，一定不会再离开你身边。如果我不能回来，和以前那些战友一样，长眠珠峰，求仁得仁，那未尝不是一个最好的结果。"

镜头闪回北京：

徐缨走出医院，看着化验单上怀孕的结果，泪水涟涟。

十七　青藏高原无人区　白天

李国梁穿着一件军用皮大衣，背着背包在辽阔的荒原上独自行走。

简易公路上空空荡荡。一头棕熊摇摇晃晃在荒野上行走。棕熊闻到了人的气味，立起身来向着公路上张望。李国梁见状加快了步伐。一群羚羊在更远处奔跑。

偶尔有一股小旋风在路面卷起一柱尘土。李国梁随着旋转的尘柱跳起华尔兹舞步。

风停，尘柱散去。

李国梁望着空荡荡原野上蜿蜒的长路皱起了眉头。他已经徒步行走好几天了。

远处有一辆货运卡车驶来，李国梁站在路中央张开了双臂。

一个路口，卡车停下，驶往另一个方向。

他又背着背包独自行走。直到再次遇到一辆卡车。

十八　青藏高原　公路　夕阳西下

吉普车在飞速行驶。

在一个路口，王五洲和多杰贡布碰见了李国梁。

他坐在背包上，嘴唇皲裂，脸上起泡。听见汽车声，他又故技重施，张开双臂站在了公路中央。汽车停下，李国梁扣好军装风纪扣，敬个礼："两位首长，对不起，你们必须捎带我一程。"

王五洲让他上了车，道路再次在前面展开，才开口问："说说必须帮助你的理由。"

"我必须在两周内赶到登山训练营报到。"

王五洲看着多杰贡布大笑。

李国梁说："我已经从阿里出来十二天了。"

王五洲："等等，我知道你的名字。"

李国梁说："首长不要讽刺我，不过，等等吧，明年，后年，那时你就真会知道我的名字了。"

多杰贡布想要开口，王五洲用目光制止了他："你倒说说，为什么是明年，最多后年，我们就会知道你的名字了。"

李国梁让自己在座椅上靠舒服了，闭上眼睛："因为我那时已经登上珠峰，和王五洲、多杰贡布他们一样有名了！"

"不用那时，我现在就知道你是谁了。你叫李国梁！"

李国梁猛一下坐直了身子，多杰贡布也很吃惊。

王五洲说："边防团告知李国梁前来报到的电报就在我身上。"

十九　青藏高原　公路　早晨

吉普车停在路边。

三个人和司机在车上睡觉。

强烈的阳光把沉睡的他们唤醒过来。

几个人在清冽的小河边洗漱。

司机用煤油炉烧开一壶水，几个人站在车前，就着热水吃压缩饼干。李国梁不吃。

多杰贡布问："你不饿吗？"

"我很饿，但这东西我连吃了十二天，实在咽不下去了。"

多杰贡布从登山包里取出风干肉，递给他们每人一条："我爱人准备的。"

李国梁拿起来，谢谢都没说一声，狼吞虎咽。

多杰贡布笑了。

王五洲问他为什么自己不吃。他晃晃手里的压缩饼干："我好久没有吃过了，想部队的时候会想，想登山队的时候，更想。"

二十 青藏高原 公路 白天

一群藏野驴在路边的草甸上吃草。听到汽车声,齐齐地抬起头来好奇地张望。

当汽车驶过它们身旁的时候,几头藏野驴突然扬蹄奔跑起来,而且很快就超过汽车跑到前面去了。司机加速,吉普车在坑洼的路面上蹦蹦跳跳。

王五洲说:"算了,要是把车子颠坏了,李国梁就不能准时到登山队报到了。"

"我昨天就报到了,昨晚把介绍信交到你手里,就算到了登山队了。队长你给团里发电报时,要告诉团长,我提前三天到达!"

那几头藏野驴停下来,似乎是在等待。等到车子超过了它们,又开始扬蹄奔跑,很快又把吉普车抛在了身后。外面的气温很低,野驴奔跑的时候嘴里喷出大团的白气。

李国梁念了一句英文:"那些野驴奔跑的时候喷吐着白烟,像一台台蒸汽机。"

王五洲听懂了："马洛里登山队的记录！"

李国梁说："我可是有备而来。我的理想是要改变中国边疆只由外国人书写的局面！"

王五洲对他投去赞赏的目光。

这时，他们发现一个个子不高的牧羊青年离开了羊群，穿着笨重的藏袍也像野驴一样随车奔跑。藏野驴在前，牧羊青年在后面。王五洲从后视镜里看着他追着吉普车轻松奔跑的身影，叫司机停车。

多杰贡布把这个青年叫到车前，跟他用藏语交谈一阵，告诉王："他叫扎西。"

王五洲说："问他愿不愿意参加登山队。"

多杰担任起翻译的角色。

"他说他天天都在山上。"

"告诉他是到最高的山顶上，珠穆朗玛！"

"他说那是女神山，害怕！"

王五洲指着自己："问他想不想穿这样的衣服？"

"太漂亮了，他想！"

扎西听多杰把王五洲的话翻给他听。脸上的表情由惊疑变得欣喜。

王五洲说："叫他上车！跟我们走。"

"他说要回家告别一下。"

"不用了，待会儿经过定日县城时和县政府接洽一下，他家里的工作请他们去做！"

这是登山队招募到的又一个队员。

二十一　登山训练营　下午

王五洲和多杰带着两个新队员到达营地。

王五洲叫曲松林把李国梁和扎西两个蓬头垢面的家伙，推进了热气腾腾的澡堂。

李国梁脱光衣服下水了，扎西不敢下水，李国梁一把将他拉进了热水池中。扎西一头没入水中，胡乱挣扎。李国梁帮他扶正身体，他呛在口中的水全部喷到了李国梁脸上。

两个人从热水池中出来，曲松林拿着一把理发剪等在池边。

李国梁拒绝，自己用剪刀对着镜子精心修剪。

曲松林指指椅子，扎西乖乖坐下。曲松林直接就把扎西推成了一个光头。扎西拿着被剪下的粗大发辫伤心不已。

曲松林拍拍他的肩膀："登山队员，不能留长头发！"

曲松林让扎西看镜中的自己。

在镜子中看见自己光头的形象，扎西笑了："扎巴！"

曲松林："这个我懂，扎巴，和尚！"

"和……伤！"

"和尚！"

"和伤！"

"算了，伤就伤吧。登山嘛，不伤到这里就会伤到那里。咱们在一起的日子还长着呢！扎巴。"曲松林拿出一套登山队的红色运动服放在他面前，"先把你打扮成一个真正的登山队员。"

李国梁已经穿好了登山队队服，正在仔细折叠刚换下来的那身军装。

两个人穿上印着中国字样的红色运动服走出澡堂，面貌已经焕然一新。

两人来到院子里，王五洲带头鼓掌。

扎西抱着他厚重的羊皮袍子，怔在那里。黑牡丹跑上去，从他手中夺过又厚又脏的皮袍，站到了一边。扎西要追上去，却被李国梁揽住了肩膀。人群中爆发出一阵哄笑。

扎西自己也忍不住笑了。

二十二　登山队训练营　白天

几十名队员在教练员的指导下进行各种训练。

编各种绳结。

结组。

冰镐，金属横梯，氧气瓶的使用。

各种攀登与下降动作。

不时有人摔得鼻青脸肿。

黑牡丹和几个工人在菜地里劳动。她不断直起腰来，向着训练场那边张望。

下了工，黑牡丹看见曲松林，嘟着嘴不说话。

曲松林说："哟，这样嘟着嘴可不好看，像个猪嘴巴。"

黑牡丹说："组长又批评我了，说我不安心生产。"

"组长还说什么？"

"他说种菜喂猪也是为了登山，一样光荣。"

曲松林说："组长批评得对嘛，你要安心生产。"黑牡丹穿着双橡皮雨靴，气哼哼地走开，脚步唼唼作响。

曲松林望一眼远处的雪峰，把只剩半掌的脚在地上跺跺："是啊，后勤工作也很光荣，但跟那个光荣怎么会一样！"

二十三　山道　黎明

登山队在曲折的山道上急速前进。

王五洲早已登上了小山顶，在上面挥舞着红色的三角旗。

多杰贡布在队伍中，口哨发出尖利急促的声音，催促队员们加快速度："加快，加快，再加快！"

扎西和夏伯阳显得最轻松。两个人较着劲，交替领先。

李国梁紧紧跟在后面。

看到这情景，多杰贡布眼里流露出满意的眼光。

这时，他看见没有队服、穿件白色藏式衬衫的黑牡丹跟在队伍后面。

多杰拦住了她："你跟在后面干什么？"

黑牡丹说："后勤队的人还在睡觉，我又没有耽误工作。"

多杰贡布："登山队就像一支部队一样，服从命令听指挥，回去！"

黑牡丹一屁股坐在了路边。

多杰贡布转身去追赶队伍，不一会儿，他发现黑牡丹超过自己，跑到前面去了。

最先到达小山顶的是夏伯阳，然后是扎西。李国梁第四。第七名居然是种菜的黑牡丹。

王五洲看着她："你怎么上来的？"

"跟在队伍屁股后面上来的。"

多杰贡布对王说："我半路拦下她，但没有拦住。"

王五洲："不错嘛，半程发力，还得了第七。"

"我不要种菜，我要登山。"

王五洲笑了："你的工作也很重要，山高路远，供应困难，大家没有菜吃，还登什么山？"

二十四　登山训练营　夜

秋雨，风声。

一盏马灯下，王五洲和李国梁相对而坐。

两个脑袋凑在一起，一起看一本英文书籍。

李国梁敲着桌子说："妈的，这些外国鬼子，一到关键点就语焉不详。'我战胜了那块看起来高不可攀的二十多英尺高的岩石，身体疲惫，意识模糊。'这不等于什么都没有说嘛。"

王五洲："这就不用他们多说了，分明就是第二台阶嘛。当年我们在那里折腾了好几个小时，"他直起身，"人类攀登珠峰到今天，五十多年，半个世纪了。上去了多少人？一共就二十多个人。第一个人什么时候上去的，1953 年，今年刚好二十年了！"

"他们都是从南坡上去的，尼泊尔那边；北坡，我们中国这边，还没有人上去过。十三年前，你们上去，那也是世界第一！"

有人敲门。李国梁起身开门。王五洲用一张《人民日报》把那本旧英文书遮住。

进来的是曲松林和多杰贡布。

曲说："队长，这秋雨一来，天气一天比一天冷。冬天的装备还没到，感冒病人越来越多……"

王沉吟一阵："登山服要从北京运来。至于被褥，卢副政委不是在拉萨吗？请他找解放军，请求支援。"

"副政委？你是说那个不上山来的面罩人啊……他说他不管具体事务，主要抓政治工作。"曲松林朝着桌上的报纸努努嘴。"老王，我是老粗，深山老林里的伐木工人出身，又落下了残疾。你是大学生，有文化，人年轻，整个登山队的担子都压在你肩上。就别看这些洋文了。"

李国梁一下站起身来："我们这是尽量多掌握山上的地形和气候情况！"

王五洲把他按回座位上："老曲是好心，唉，有人在背后说我们崇洋媚外！"

曲松林："你们就不怕面罩人向上面反映？"

王五洲伸手在马灯的玻璃灯罩上暖和一下："雨一停，好天气就要来了，该把队伍拉到山上，真刀真枪登一回山了。"

曲松林说:"还是在章子峰吧。海拔七千多,相当于上一回北坳。"

多杰贡布也说:"到了北坳,珠峰还在上面。上章子峰,登一回顶,能鼓舞士气。"

王五洲打开地图,摊在桌子上,李国梁举着灯,顺着他的手指移动。王五洲的手指顺着珠峰的位置向东北方向滑动,最后停在海拔七千多米的章子峰上:"就这么定了!"

多杰贡布:"要不要报告政委请他批准?"

王五洲看着多杰贡布:"把最终方案通报他就好了。"

二十五　章子峰　面朝珠峰的雪坡　白天

十月，阳光澄澈。

登山队在七十多度的冰雪坡面上攀登。

阳光强烈，队员们都戴着深色的护目镜。护目镜中映出不远处的珠峰，映出队友奋力向上的身影。

不时有金属敲击声响起。那是三人一个结组的领先队员正用冰镐把固定绳索用的冰锥砸进泛着蓝光的冰层。

队员们把金属上升器扣在结组绳上，用冰爪前端的钢钉踢开冰面，造出一个立脚点，向上，再用同样的方法造出一个新的立足点，再继续向上。

每个人都背着氧气瓶，但在这个高度，不准使用氧气。

李国梁大喘一口气，拍拍氧气瓶，对同一结组的扎西说："这个诱惑，好难拒绝。"

扎西已经学会一些汉语了，但听不懂这个词："诱惑是什么？"

李国梁喘着粗气，仰脸想了一阵，说："妈的，脑子变慢了。"

扎西敲敲自己的脑门："我也一样。"

李国梁举目看见天空中盘旋而上的鹰："对了，想飞越
绝顶，却没有翅膀——诱惑。"

扎西扣上护目镜，靴子猛踢向冰面，冰屑四溅。

在一道岩壁前，王五洲往岩缝中揳进螺栓，系上升降
绳，作攀越岩壁的示范。他同时还在观察着全队的情况。

坡越来越陡，有个结绳组为节省体力，开始在雪坡上
走出之字形的路线。

王五洲看见，把那一组人的情况指给多杰贡布。

多杰贡布赶上去，严厉制止："这样会在积雪的山坡上
引发雪崩，绝不允许！"

黑牡丹和后勤队员也和突击队一起攀登。

不同的是，他们不像突击队员身上只背着一只氧气瓶
和一盘绳索。

后勤队员身上背着更多的东西。帐篷，炊具，食品。
黑牡丹身上背着的是一组气象观测仪器。风向仪的上端从
背包里露出来，一有风，就呼呼旋转。

很快，她就和一个结组的同伴一起，连续超越了两个

突击队的结组。

在危险地段，她奋力揳下冰锥，系上保护绳，用脚上的钢钉踢开坚冰，制造落脚点的动作和突击队员一样熟练。

夏伯阳回头看见，说："咦，不是菜地里的黑牡丹吗?"并对她竖起了拇指。

一向爱笑的黑牡丹脸上却露出凶巴巴的表情，大喘几口气，加快了速度。

夏伯阳眼看她就要追上来了，也转身迈开了步伐。

有一段，好胜的他连保护绳都来不及安装，就直接上去了。

李国梁见此情景，把摄影机对准了他们。这使得他们更是互不相让，尽管多杰贡布在后面喊："控制速度，保持体力!"也没有产生什么效果。

夏伯阳、扎西的结组越上了冰脊，紧接着，补给队的黑牡丹也上了冰脊。

早已布置好的营地里的二十多顶帐篷出现在他们面前。

黑牡丹对夏伯阳说："有什么了不起，我们后勤队都上来三趟了!"

二十六　章子峰营地　白天

　　王五洲也上来了，他对夏伯阳和扎西说："海拔六千多，将近七千，几小时攀登，还能保持这个速度，不简单！"

　　夏伯阳望望高处的峰顶："队长，就是现在下令登顶，我保证能成功！"

　　黑牡丹："我也能上去！"

　　王五洲笑了："你不是昨天下午才下去的吗？"

　　黑牡丹说："曲主任问我能不能再上一趟。"她转过身，把背上的风向仪朝向他，"曲主任说，北坳上的风，是从这里吹过去的。"

　　王五洲点头。

　　多杰贡布赶上来了："争强好胜，最后一段连保护绳都不安装！"

　　王五洲脸上的表情严肃起来："这个绝对不行。"他指着对面的珠峰，指着对面冰壁上的北坳山脊："这里比北坳山脊还低几百米。将来到那里，才是二号营地，还要上到八千三的三号营地，才能最后攻顶。"

夏伯阳的目光抬得更高，他眼睛盯在珠峰金字塔形的顶峰："一号营地6500，二号营地7500，三号营地8300，然后，攻顶！"

黑牡丹脸上的神情凝重起来，她看见，起风了。

突击队员正一组组攀上山脊，最后的两组人，已经疲惫不堪，脚步踉跄，在深雪里走得东倒西歪。

风从他们下方半空中的层云上横吹过来。平静的云层猛烈地翻卷。风撞上他们所在的山体时卷起了地上的积雪，并在掠过那些裸露的岩石时发出了刺耳的尖啸。

队员们都钻进了帐篷。

王五洲还站在风暴中，看看手表："下午两点。"

风从他们所在的章子峰刮过去，夹带着冰雪扑向对面的北坳山脊。李国梁还在顶风拍摄。风吹得他左右摇晃，夏伯阳用自己的身体支撑着他。

扎西端坐在帐篷里，双手合十，一个劲念诵祈祷山神保佑的经文。风撕扯着帐篷。帐篷迎风的一面像是马上要被一双巨手撕开了。他把睡袋卷成一团顶上去，再用背把猛烈震荡的帐篷紧紧顶住，脸上露出恐惧的神情。

二十七　章子峰营地　黄昏

风停了，空中飞舞的雪花重新降落到地面。

风雪抹去了几小时前人们留在地上的串串足迹。只有一顶顶帐篷，静穆浑圆，散布在洁净的雪地中间。

天边，晚霞灿烂，珠峰峰顶被镀上一片金黄，一派庄严。

一顶帐篷门打开了。李国梁倚在门边，吹奏口琴，一时间，整个营地都被这乐音充满。

一顶顶帐篷门打开了。

王五洲和多杰挨个检查风暴中有没有帐篷损坏，教队员们点燃煤油炉。黑牡丹在营地旁挖掘冰块，让后勤队员送到每一顶帐篷。

黑牡丹亲自把冰送到李国梁的帐篷，她把冰块放进搪瓷缸中，在煤油炉上化开成饮用的热水。

炉子燃着幽蓝的火苗，冰在缸子中吱吱融化。

李国梁依然在吹奏口琴。

黑牡丹坐下来，紧盯着吹奏出如此优美乐声的李国梁，大大的眼睛里流光溢彩。

李国梁受不了这赤裸裸的眼神，停下，大喘几口气："你也热爱音乐？"

黑牡丹表情痴痴的，没有说话。

"会唱歌吗？"

黑牡丹唱了起来，她的声音粗犷而浑厚。

那是一首基调悲伤的民歌："当我翻越雪山的时候，我的靴子破了。靴子破了没有什么，阿妈再缝一双就是了。可是，当我回到家乡，阿妈已经不在世间。"

李国梁被这忧伤深深打动，差点就要拿起口琴应和。但是，他举起口琴的手放下了："你回自己的帐篷吧，我要休息了。"

黑牡丹失望地离开。

煤油炉上的水开了。李国梁嘴里咝咝有声地小口小口喝着滚烫的开水，问扎西："她唱的是什么意思？"

扎西想了半天，才艰难地用汉语说："她的靴子破了。"

李国梁笑了，揉揉伸在炉边穿着厚袜子的脚，看着帐篷门边立着的登山靴："到了登山队，她不用为靴子的事发愁了。"

二十八　章子峰峰顶　白天

突击队出发了。

中午，全队三分之二的人登上了 7500 多米的顶峰。

王五洲和多杰贡布也随队登上了峰顶。

他们背后是群山的波涛，面前是高耸入云的珠峰。

李国梁拍下了王五洲和多杰贡布在峰顶展开国旗的画面。

多杰对王说："昨晚一晚上激动得睡不着，现在怎么不激动了。"

王指指东南方向上如在面前的珠峰："激动要留在那里！"

王下达了下撤的命令。

兴奋的扎西还留在山顶。队伍都下去好几十米了，他还在峰顶上左看右瞧。

停在山顶拍摄下撤队伍的李国梁问他："你丢东西了吗?"

扎西用冰镐从冰缝里敲松一块岩石拿在手里："雪，冰，石头，除了这些什么都没有。山神住在哪里呀？"

李国梁摇摇头："我不知道。"

扎西皱起眉头苦苦思索，突然恍然大悟的样子，对李国梁说："这里没有山神。"他指着对面的珠峰说，"她住在那上面！"这个发现，好像使他得到了解放，对着群山一声长啸，抛出了那块手中的石头。石头落在雪坡上，引起了一片小面积的积雪的滑动。扎西快步下山追赶队伍。

突击队有秩序地顺着山脊下撤，以此避开积雪的山坡。

突击队一直走到积雪的山坡变得平缓，才离开山脊走到通向营地的雪坡下面。

扎西没有绕行山梁，而是斜背着一圈保护绳，一手举着冰镐，直接从一面积雪很少的斜坡上下来了。岩石坡面上冰结着大小不一的碎石，套着冰爪的登山靴踩踏在上面，那些松动的岩石就在山坡上滑落、滚动。

一块飞石从李国梁身旁飞过，但他专注于拍摄，竟毫无觉察。扎西继续下山，更多的石头滚向下方的李国梁。

石头滚动的声音惊动了王五洲。

他抬头看见这险情，对着李国梁呼喊，但出口的声音都被风堵回去了。他松开结组绳向着斜上方的李国梁而去。

这时，扎西也看到了自己踩松的岩石正向下方的李国梁飞去。目瞪口呆的他脚下一滑，倒地下坠。他伸出冰镐，做保护动作。但冰镐无法揳入坚硬的岩层，只是划松了更多的冰块和石头，向着下方滚落。快步移动的王五洲终于喊出声来："石头！"

李国梁看到了，跌倒，滑坠，但他抱着摄影机，无法做出保护动作，向着山下滚动。

王五洲扑过去。没有抓住李国梁。

李国梁跌进一个雪坑里，消失不见。

扎西滚落下来，撞在王五洲身上，两个人继续下落，直到王五洲身体猛然撞上一块雪中突出的岩石，两个人才停了下来。

在下方营地目睹了这一切的黑牡丹抱起一只氧气瓶，和留在营地的队友们一起向上冲去。

昏迷的王五洲睁开眼睛，吐出塞了满嘴的雪，看看手，手里的冰镐已不知去向。胸脯的剧痛，让他痛苦难当。他依然扶着岩石爬起身来，茫然四顾，脑子里还震荡着嗡嗡的声响。

王五洲站在那里，脑子里的嗡嗡声慢慢消失。

队员们正向他聚集过来。

李国梁不见踪影。

扎西睁开眼睛，惊魂未定，对王五洲说："山神显灵了！"

李国梁被人从雪坑里刨出来，脸色惨白没有呼吸。他怀里紧抱着摄影机没有松开。

多杰贡布给他按压胸部，再嘴对嘴做人工呼吸，才吹了几口气，自己就累得翻倒在地，喘不上气来。

黑牡丹犹豫一下，扑上去把自己胸腔里的氧气吹进李国梁嘴里。

李国梁醒过来，一脸茫然。嘴里却把被雪堵住没有喊完的话喊了出来："石头！"只是气息微弱，声音低微。

黑牡丹的大眼睛里充满了惊喜的泪花。

她把李国梁背回到营地。

在帐篷里，她对李国梁说："你亲过我了！"便转身跑出帐篷。

二十九　章子峰营地　夜

王五洲躺在睡袋里用步话机与人通话。

话筒里那个声音义正词严："我不同意处分扎西同志！"

"副政委，他违背了最基本的登山操作程序，对于一个专业队员来说，这不能容忍。还有，他到处寻找山神，藏族同志登山，本来就有心理压力，他这么弄神弄鬼，增加了他们的心理负担！"

"王五洲同志，不要总是技术至上。要政治挂帅！这次攀登珠峰，本来就是一场政治仗！我身体不好，适应不了高海拔。这不，才三千多米，还天天离不开输氧。"

王五洲看着多杰和曲松林，露出哭笑不得的表情。

曲对着步话机说："那你就好好将息身体。"

"老曲啊，你也是登山界的老同志了，又是工人出身。不要老是外国人长外国人短，这种风气不好。我们重启登山项目，就是为国争光。外国人登山也是政治。1953 年希拉里首次登顶不也是为英国女王庆祝生日吗？好了，我不说了，喘不上气来了。"

众人叹息。

话筒里又传来声音："我最后说一句：扎西同志这样的翻身农奴，他身上的英雄主义精神要鼓励，要提倡，不能处分！"

三十　拉萨　解放军医院　白天

王五洲躺在病床上，胸前缠满绷带。

戴着大口罩的护士进来，露在外面的眼睛里流露出崇拜的目光。

她替他调整输液管，口罩后传来温柔的责备声："王队长，三根肋骨骨折，本来就影响呼吸，你怎么又把氧气管摘了？"

王五洲有些不耐烦："在这里躺着都要吸氧，到了山上怎么办？"

护士依然不急不恼："你是我们的特殊病人，不输氧，院长要批评我了。"

王五洲妥协，自己把氧气管插入鼻腔。

护士笑了："你指挥登山队，我指挥你。"

王五洲也笑了："请问你叫什么名字？"

护士没有搭腔，指指自己的胸牌。上面写着她的名字：赵军钊。

护士转身出了病房，王五洲又把氧气管拔了下来。

他从枕头下取出外文资料，阅读，同时，在书上做着笔记。口中喃喃自语："北坳山脊，午后三时，风速每秒31 米，气温零下 42 度。"走廊外有脚步声响起，他把外文书塞到枕头底下。

一个人被护士用轮椅推进来。这就是一直在山下医院里遥控指挥的卢副政委。山上的人都称他"面罩人"。因为他总在输氧，用的还是登山队使用的专业氧气。因为脸上戴着氧气面罩，从始至终，没有人看清过他的脸。他把轮椅转到王五洲床前，说："终于醒过来了。"

"也不全是昏迷，也许下意识里一放松，把缺的觉都补回来了。"

"放松？这节骨眼上可不能放松！"

"我检讨。"

"检讨？出了这么大事故，不能只是检讨吧。"

王五洲耐住性子："只要让我留在山上，只要能重登珠峰，降职，撤职，什么样的处分我都能接受。"

"你觉得该接受什么处分？"

"请你上山主持工作，我就当一个普通队员。"

那声音冷冰冰的，机器一样不带情绪，在面罩下响起："上面的意见，你降职为副队长，代理队长职务。不要觉得我不上山只是身体原因，这个困难我也可以克服。我留在这里，是为了方便跟北京联系。这次登山，不光是国务院，中央其他领导，我不说名字，你也知道，他们对这次登山也都很关心。山上通讯条件不好，我留在这里，方便随时汇报。"

王说："周总理、邓小平副总理的慰问电都发到山上来了。"

面罩人喊："护士！"

护士进来，把他推出去了。

三十一　拉萨　医院院内　白天

初冬。周围裸露的山梁上落满白雪。院中的柳树几乎落尽了黄叶。

王五洲在院子里散步。

他走到篮球场边。医院里的医务人员和解放军战士正在打球。

赵军钊也在篮球场上。海拔 3800 米，几个回合下来，就有人坐在场边大口呼吸，嘴唇发紫，脸色苍白。赵军钊依然在场上，和男同志一样奔跑，运球，跳跃上篮。

赵看见王五洲，特意运着球跑到他面前。然后，长途奔袭，过人，转身，跳跃，篮球擦板，落入篮筐。

赵站在场上，汗津津的脸上红光闪闪。不再像在病房里那样温婉。

赵送王回病房。

王终于开口："没想到你这么好的身体条件。"

赵反应机敏："我可以登山？"

"你愿意吗?"

赵原地起跳:"我愿意!"

三十二　拉萨　医院病房

多杰贡布和曲松林来医院探望。

他们带来了王五洲和多杰贡布在雪山顶上展开国旗的照片。曲松林说:"李国梁拍的,这个人是个可造之才。"

"他比我们当年,更明白登山的意义。"王嘱咐两个人,"你们去副政委那里汇报工作吧。"

"面罩人啊!"曲松林说。

多杰不说话。

王说:"去吧,怎么说,他也是领导。"

"不去,他一天山没上,凭什么把你降为副队长。"

王故作轻松:"不是依然代理队长吗?反正他也不会上山。"

多杰贡布是老实人,说:"还是去一下吧。"

两个人出去了。

王在病床上给徐缨写信,写了一张,又撕了一张。最后,只把登顶的照片装进信封。

赵军钊来查房。

王问："不是已批准你参加登山队了吗？怎么还来值班？"

赵说："我要一直护理我们的队长健康出院。"

王说："我去不了市区，请你帮忙寄一下这封信。"

赵军钊看到信封上是女人的名字："你的爱人？"

王面容黯淡，只答说："同学。"王又说："为了登山，只好对不起她了。"

这话弄得赵军钊心情复杂。

三十三　北京　地质学院　夜

徐缨收到照片，难过万分。

她身边摇篮里躺着她和王五洲的儿子。两人闹矛盾的时候，她没有告诉他自己怀孕的消息。到现在，王五洲也不知道自己在北京已经有一个儿子了。

徐缨把照片放在了儿子枕边。

徐缨拿出影集，在她和王五洲那几张照片后面，放上王五洲登顶的照片，放上一张她抱着儿子在王五洲攀登过的那座高塔前的照片。

三十四　训练营　白天

字幕：一年多后，1975 年 3 月

训练营周围的村庄的冬小麦田正在返青。

黑牡丹和工人正在地里播种蔬菜。

营地的围栏外，野桃花开放，一树一树，流光溢彩。

夏伯阳在院子里大声呼喊："队长，队长，北京电报！"

人们闻声都聚集在院子里。

黑牡丹扔下手中的锄头，穿着那双橡皮雨靴，嗵嗵奔跑过来。

已是一身运动装的赵军钊从夏伯阳手中夺下电报，跑向王五洲。

王五洲站在宿舍台阶上，嫌不够高，干脆爬到洗漱台上，高声念道："中华人民共和国国务院令：攀登珠峰暨珠峰地区联合科学考察行动自今日起正式启动！"

人群中爆发出一片欢呼。

夏伯阳、扎西等几个队员拥上去，把王五洲抛上了天空。

曲松林跌坐在宿舍阶沿上，眼含泪水，抚摸自己残了的脚。多杰贡布过来，揽住了他的肩膀。曲说："老战友，做梦一样啊！"

三十五　青藏高原　白天

登山队离开训练营向珠峰大本营开拔。

十几辆卡车隆隆开动，寒风中红旗猎猎，歌声飞扬。

抵近大本营时，那段层层叠叠的九弯十八拐的道路出现在面前，珠峰从面前的天际线上节节升起时，车上的人群都站起来，大声欢呼。

三十六　珠峰大本营　白天

眼前大本营的情形完全出乎王五洲的意料。

砾石滚滚寸草不生的斜坡上，已经盖起了一座帐篷城。上百座大大小小的帐篷排列得错落有致。营地中央的大帐篷顶上，立着高高的电台天线。五星红旗迎风招展。帐篷门口，砾石垒成的高台上，高音喇叭里传出激昂的歌声。

营地前搭起了一道柏枝青翠的拱门。卡车开过拱门，持枪站岗的解放军战士立正敬礼。卡车一直开到帐篷围成的广场上。解放军战士、科考队员敲锣打鼓，欢迎登山队的到来。身穿中国队红色队服的登山队员们精神抖擞，背着登山包列队接受欢迎。

曲松林带着后勤组的两辆卡车径直开到登山队营区。

他微瘸着腿带领后勤人员卸载粮食，和刚刚宰杀的新鲜猪肉。

黑牡丹一手提着一扇猪肉，说："可惜了，都不让它再长大一点。"

曲松林说："这时候，你愿意留在训练营喂猪？"

黑牡丹提着猪肉跟在曲松林身后钻进了炊事帐篷。

帐篷里，灶台已经安好。外面传来的音乐声中，曲松林带着人把案板、锅碗瓢盆等一应物品摆好。

三十七　珠峰大本营　白天

登山队休息，让大家适应这里的环境。

曲松林在营地中间摆上椅子给大家理发。

王五洲坐在另一张椅子上往脸上打肥皂沫。那一脸的白色泡沫，遮去了他脸上一向严肃的表情。扎西替他端着镜子。王对着镜子拿起剃刀，镜子却晃动不已。原来是扎西老是在踮脚张望着什么。

赵军钊在旁边着急："扎西！"

王五洲顺着扎西的目光望出去，看见了大本营远处山脊上的寺院。

王问他："想去祈祷一下？"

扎西点头。

"去吧！"

多杰贡布制止他："队长！"

王笑笑，提高声音说，"今天是礼拜天，天气这么好，想去的都去吧。尤其是队里的藏族同志，愿意去的都去吧!"

扎西笑逐颜开。把镜子交到赵军钊手上,跑开了。

另一边,李国梁在吹口琴,黑牡丹忽闪着一双大眼睛守在他身旁。她火辣辣的眼光让李国梁很是恼火。他把口琴收起来,不吹了。

黑牡丹伤心地走开,遇到扎西,就和几个队员上绒布寺去了。

王五洲若有所思的目光追随着他们的背影。

突然,他看到一个熟悉的身影,像是徐缨。那个身影正缓缓向着登山队营地走来。

一时间,王五洲有些恍然。

赵军钊温柔的声音把他唤醒:"队长!"

王五洲笑笑,对着镜子拿起了剃刀。

徐缨真的到珠峰来了。这次,除了登山之外,国家还组织了好几支科考队,对珠峰地区进行全面的科学考察。徐缨参加了气象考察队。

本就犹疑不决的她,看到眼前这亲密的情形,默然转身走开了。

赵军钊把镜子端端正正举在王五洲面前。他从镜子中看见自己恍然若失的双眼。

"队长，水要凉了。"

恰好，扎西和黑牡丹几个队员的身影挡住了徐缨的身影。王五洲摇摇头，对着胡须下了剃刀。

三十八　气象考察队帐篷　白天

徐缨走进帐篷，一下子趴在了行军床上。

床头旁的工作台上，几块小砾石压着记录气压、记录风、记录云层变化情况的数据图表。

她从枕头下取出那个相册。相册封面上又多了一面五星红旗。

闪回：

母亲抱着儿子坐着，看着她从衣柜里取出王五洲的登山服，从已经缺了一块面料的衣服上，细心剪下五星红旗的图案，贴上了相册封面。她把相册装进登山包。

帐篷中，徐缨打开相册：王五洲和贡布在章子峰顶展开国旗的合影；她和儿子在高塔前的合影。

从帐篷敞开的门口望出去，气象调查队营地中间，已经建起了一个气象观察站。用珠峰砾石加固的金属架上设置了雨水收集器、温湿度测量仪、风向标、风速仪。最寻常的五级风正吹动风速测量仪呼呼地旋转。

徐缨坐起来，她身上还挂着一只气压表，她看看气压表上的读数，填入到桌上的表格中。

三十九　通往绒布寺的山道　白天

多杰贡布在追赶扎西他们几个队员。

扎西看见贡布的身影，也加快了脚步，和几个藏族队员在一起，用藏语交流，扎西的口齿流利多了："你们几个快点，别让他追上我们！"

几个队员加快了步伐，很快就拉开了和贡布的距离。

扎西脚步轻快，嘴里还是说个不停："他又要说提高觉悟，提高觉悟，破除封建迷信那些话了。"

黑牡丹说："他和王队长把你招到登山队，你怎么说他坏话。"

有个队员附和："咦，平时不是笨嘴拙舌的吗？现在嘴皮子这么利索了。"

"我就不喜欢他老在登山队传'面罩人'的话。"

黑牡丹："不是'面罩人'，是副政委。"

扎西还说："等登山成功了，到北京，毛主席接见，我要告他，说他和王队长不是一条心。"

黑牡丹："副政委是从北京来的！是红卫兵！"

"谁说的？"

"他自己说的。"

"难怪，多杰老师要听副政委的。"扎西说。

四十　绒布寺　白天

听到寺院下方传来激昂的歌声，几个年轻和尚跑出寺外，好奇地把几个登山队员围了起来。他们身上鲜艳神气的红色队服，他们上推到额头上的护目镜引出了他们艳羡的目光。

黑牡丹若无其事地东张西望。扎西的面容却一下子严肃起来。他手捧哈达，躬腰走进大殿。双手合十，用额头轻轻碰触每一尊神像。其他队员也在神像前顶礼如仪。

打坐的老喇嘛开口："不信神佛的人来了。"

扎西在老喇嘛面前跪下去，用藏语说："上师，我们都是信神的人啊！"

"信神？信神还想爬到神的头上去？神要是发怒了……"

黑牡丹的口气有些冲："那么多人早就上到山顶去了。"

"那是神慈悲。他们都是不信神的人。你们不同啊！"

扎西问："上师，我上了章子峰顶，没有庙，没有山洞,神住在哪里?"

"敬神是从内心顶礼,不是看见!"老喇嘛试图从垫子上起来,却起不来,还是扎西伸手把他搀扶起来。

老喇嘛叫小和尚:"给他们看看珠穆朗玛女神的样子。"

小和尚取来了一幅卷轴画。

扎西睁大眼睛,看着画卷徐徐展开。画中是一幅愤怒女神像:狰狞的蓝色面孔,头发是燃烧的火焰,赤裸的双脚下也是火焰蒸腾。扎西看到这画,却不禁松了一口气。

几个队员心情不一地走出了大殿。

老喇嘛拿出红丝线编结成的护身佛——递到队员们面前:"我佛慈悲,老僧我要祈求山神保佑你们平安归来。"

扎西双手接过。

护身符递到黑牡丹面前,她犹豫一下,也接了过来。

他们看见追上来的多杰贡布沉着脸坐在庙门口。

队员们侧着身小心翼翼地绕过他。扎西嘴里发出一阵尖啸,撒开腿向山下跑去。队员们也撒开腿跟着跑下山去。

多杰贡布大喊一声:"站住!"

队员们闻声放慢了步伐。

多杰贡布追上了他们:"你们呀!"

扎西放松了，有些嬉皮笑脸："我以前不知道山神是什么样子，其实就是跟其他神不高兴时的样子一样。""金刚的愤怒相是这样，度母的愤怒相也是这样，"他边走边说，脚下变出了踢踏舞的步伐，"我只要好好祈祷，山神会高兴起来的。"

多杰贡布说："不要天天把山神挂在嘴上，会给王队长添麻烦的。"

"是王队长叫我们来的。"

"你们知道不知道，有人就等着找他的不是。"

黑牡丹问："那个在山下天天吸氧的人？"

多杰贡布："你怎么知道？"

四十一　拉萨　医院　夜

电力不稳定，电灯忽明忽暗。

"面罩人"在本子上书写。然后把那张纸撕下来，交给垂手立在床边的人："把这个发到山上去。"

四十二　珠峰大本营　指挥帐篷　夜

一盏雪亮的煤气灯悬挂在帐篷中央。

电台嘀嘀作响。

电报员把电文交到多杰贡布手中："副政委来电。"

多杰贡布把电报交给王五洲。

王五洲烦恼地挥挥手："念。"

多杰贡布："首长指示，查自1953年新西兰人希拉里登顶珠峰以来，已经有二十余人从尼泊尔一侧登顶珠峰。本次中国队登山，为扬我国威，登顶人数应该超过这个数字。"

曲松林："二十多人，一起登顶？"

王背着手站在登山路线图前，眉毛紧拧在一起："那珠峰就不是珠峰了。"

多杰贡布："上面这样要求，我们执行就是了。"

王五洲面露责备之情，话到嘴边又没说出口，他那只残缺了两根手指的手落在了登山图上："二十多人，二十多人。那是我们全部的力量。"

四十三　大本营到前进营地的行军路上
冰塔林　白天

绒布冰川的前端。

溶蚀冰川构成的地貌，景象奇丽，幽蓝的冰体形成了冰壁，形成了林立的冰塔，直刺蓝天。

那些看起来平旷的冰川表面，积雪的覆盖下，暗藏着幽深而危险的裂缝。要从大本营前进到6500米的一号营地，必须经过这个危险地带。

突击队和后勤队同时出发。

多杰贡布带领着后勤队绕过一道冰壁，背负沉重的物资，向前进发。

雪深及腰，黑牡丹不时停下来，向李国梁带领的突击队投去艳羡的目光。

多杰贡布在大声提醒："脚下，注意脚下！"

脚下什么都没有，只有深厚的积雪。

突然，他自己脚下一沉，身体猛然下陷。积雪像一条流动的溪流，像一条游动的巨蛇，蜿蜒着在他们面前开裂，沉陷。一道冰裂缝出现在他们眼前：深不见底，两壁幽蓝。要不是背上横背着的金属梯架在冰裂缝上，多杰贡布就掉下去，粉身碎骨了。

他见黑牡丹丢下背包奔向自己，举起手坚决制止。

他悬挂在金属梯上，费了很大劲，用刀切断缠在身上的背带，翻身到金属梯上，爬到了金属梯另一端，仰躺在雪地上大口喘息。

他站起身，对着裂缝那边的队员们喊："珠峰第一课，冰裂缝！"

他从背包里拿出冰锥，把金属梯一端固定住，让对面的队员也照此施行。

然后，他穿着登山靴走上了架在裂缝上的金属梯。套在登山靴上的冰爪和金属梯上的横档磕碰着，发出的声音那么刺耳瘆人。

他过来了。示意一个队员上去。

那个队员刚踏上金属梯，走出两步，只往下看了一眼幽深的冰缝，就摇晃着身体退了回来。

黑牡丹上去了。

多杰贡布一直在身后说："往前看，往前看。不要看下面。"

她还是忍不住向下看了一眼，立即就感到冰裂缝里冷气嗖嗖而上，身体摇晃起来。她终于站稳了身体，闭上眼，深吸几口气，一步一步，从金属梯上过去了。

黑牡丹和多杰贡布配合，在金属梯边又拉上一根保护绳，队员们有了这个心理依托，都手攀着绳子，平安地一一渡过。

后勤队继续向前。他们身后，留下了安装好的金属横梯和保护绳，他们还在新开辟的路线上留下了一面面三角形的小红旗。

四十四　珠峰下某山脊　白天

徐缨带着两个助手艰难攀登。

从这个高度上，大本营的一切尽收眼底。

登山队的指挥帐篷，人进人出。

更高处，运输队正从北坳向8300米处的营地输送物资。十多个人在山脊上拉出一条缓慢移动的长线。

助手说："这里测得的气压和大本营基本相同。说明低压槽已经形成，综合以前的气象资料，接下来能有三到四个好天气。"

徐缨："我担心这个低压槽不会那么稳定。"她望向天空，北坳那边的流云呈碎片状，像是分散在草原上的羊群。

助手："低压槽形成，风转成北风，空气中湿度也下降，说明近几天不会有降水，山上不会下雪。"

徐缨说："是啊，数据是这样的。好天气只是说山上不会下雪。但山上有的是积雪，我担心的是风。风一大，把地上的雪刮起来，就能制造暴风雪。数据，数据，我们没有不同高度上的风力和起风时间的数据。"

助手："获得初步数据至少也得要两个月时间。"

徐缨忧心忡忡地望向北坳山脊："可是，登山队明天就要行动了！"

起风了。

大风在北坳的山脊线上扬起积雪，形成一团团白雾，运输队正在那些雪雾中穿行。

四十五　大本营　指挥帐篷　夜

步话机里传来多杰贡布的声音："最后一批物资已运抵8300米三号营地。运输队今晚宿北坳营地，明早下撤，到6500米营地待命。"

王五洲："收到！明天突击队出发到6500米，开始攻顶！我坐镇大本营，你在6500营地，随时准备接应和救援。李国梁任突击队队长。"

多杰贡布："收到，我请求参加突击队冲顶！"

王五洲看一眼曲松林。

曲松林点头："他熟悉路线。"

王五洲："你的身体状况怎样？"

多杰贡布："放心，我身体很好！"

曲松林倒了两杯酒，递一杯到王五洲手上。

王五洲小喝一口，呛住了。

曲松林一饮而尽："让多杰带队上吧。"

王五洲说："说句不吉利的话，也许救援时更需要他。"

这时徐缨掀开帐篷门走了进来。

王五洲怔住，接着露出又惊又喜的神情："我看见过一个人……像你……"

他手脚无措。转身给徐缨倒水，却碰翻了茶缸。

徐缨冷着脸："我们气象调查队经分析研究，建议登山队推迟攻顶时间。"

"这个时间是北京定下的。气象预报不是说有连续四个好天气吗？"

"也许还不止四天，但有一个因素不够确定：风。从北坳对面吹过来的风。"

王五洲镇定一下自己："这个也有预报，这几天下午风力七级。"

"这是大范围的预报。我说的是局部气候。"她走到地图前，手指向北坳峰脊，向上滑动，滑过8300米突击营地，直上第二台阶。"大幅面的风突然遇到山体的阻挡，通道变小，会产生放大效应，一倍，还是两倍？我们还没有拿到实际数据，建议等待第二个窗口期。"

"我相信你的研究是认真的，但上面已经下达了命令。"

徐缨继续冷冰冰地说："至少要见机行事。"

王五洲斩钉截铁地说:"我们不搞机会主义。"

徐缨把气象分析放在桌上,说:"我敬佩你们的英雄主义精神,也是这种精神召唤我来到珠峰。希望登山队考虑我们的意见。"

李国梁、赵军钊和夏伯阳等几位队员走进帐篷。

赵军钊脱下绒线帽:"队长,我在帽子上绣了一面国旗!"

王五洲看着徐缨,她沉着脸转身走出了帐篷。

曲松林看着王五洲:"这个女同志!"

王五洲爆发了:"明天开始登顶,还不睡觉?!在这里浪费体力,回去!"

四十六　北坳冰壁　白天

太阳升起来，明亮的光照区一点点下移。

突击队已经攀登很长时间了。

三十多个队员，三人一组在陡峭的冰壁上攀登。

气氛轻松。队伍络绎而上。

夏伯阳冲在最前头，他面前竖立着北坳闪亮陡峭的冰壁。冰壁上已经有运输队用冰镐，用登山靴的冰爪开出的一列窄窄的阶梯。他却偏偏离开这条好走的道路，踏上了光滑的冰壁。他要自己用冰镐和脚上的冰爪开辟新路。

他还摆出了一个漂亮的姿势，示意李国梁拍摄。

李国梁放下摄影机，下达了命令："回到路上！节省体力！"

赵军钊沿着现成的道路，不断移动着套在安全绳上的上升器超越了他。赵军钊取出水壶，喝了一口，又继续攀登。

扎西也上去了。太阳光照强烈，气温上升，他把厚厚的羽绒衣脱下来，缠在腰间。

李国梁跟在后面拍摄。镜头中，赵军钊和扎西的背影充满力量。

在他们上方，不时会起来一小股旋风，在上面的雪坡上卷起一股雪尘，旋转着升上天空，然后崩散。一只鹰平展开宽大的翅膀，随着气流，在比他们更低一些的空中盘旋。

夏伯阳跟了上去。

突击队和下撤的运输队相遇。运输队站在倾斜的冰雪坡面上，为突击队让出道路。

多杰贡布对每一个经过身边的队员说："控制，控制，呼吸，速度，把体力留给后面！"

黑牡丹用羡慕的目光看着经过她身旁的突击队员。

李国梁上来时，她难过地转开了脸。

突击队大部分都上去了。

多杰贡布看见黑牡丹泪流满面。黑牡丹委屈地说："我也要当突击队员！"

上面传来扎西的喊声："啦嗦嗦！胜利了！"

李国梁抬头望去，这家伙已经登上了北坳，他站在天际线上，长声呼喊，并向空中抛撒出一大片风马。那是献给山神的礼物。白色的纸片，被阳光照亮，在蓝天的背景下纷纷扬扬。

四十七　北坳营地　夜

一片乐观气氛洋溢在营地。

每一顶帐篷里都透射出温暖的灯光。

帐篷里，煤油炉上的搪瓷缸里，冰块在融化，吱吱作响。

扎西在吃一条风干肉。他递一块给夏伯阳。夏伯阳做了个恐怖的表情，向他举起手中的压缩饼干。扎西扼住自己的脖子，做了一个难以下咽的表情。

夏伯阳笑笑，把一团脱水蔬菜投入烧开的搪瓷缸里。

扎西说："吃草的人没有力气。"

另一个帐篷里，传来了李国梁的口琴声。

扎西："咦？他不是好久不吹了吗？"

夏伯阳："今天黑牡丹不在。"

扎西不高兴了："这不是看不起人吗？"他钻出帐篷，把一个雪团掷向李国梁的帐篷。李国梁从帐篷门口探出头来，扎西冲着他说："你是个没有心肝的人！"

李国梁意识到什么，说："不吹了，不吹了。"

李身边的步话机里响起王五洲的声音："李国梁！李国梁！呼叫李国梁！"

"李国梁收到！"

"什么时间了？还不休息？命令全队熄灯，睡觉！"

"是！全队熄灯，睡觉！"

"记住，明天早晨4点半全队起床，吃饭，着装，6点出发！争取下午大风起来前全队到达三号营地！"

"是！4点半起床，6点出发！"

所有帐篷里灯灭了，炉火也灭了。

很多人都很兴奋，没有睡着。风时断时续。风声小的时候，听见夏伯阳在朗诵高尔基的《海燕》："在苍茫的大海上，狂风卷集着乌云。在乌云和大海之间，海燕像黑色的闪电，在高傲地飞翔！"

李国梁也没有睡着，他喊："夏伯阳，睡觉！"

夏伯阳从睡袋里坐起身来："我知道你也看过当年马洛里在这里登山的资料。就是在这里，他就在帐篷里大声朗读莎士比亚！"

"我知道，是《李尔王》！"

夏伯阳朗诵《李尔王》台词："从这一条界线起，直到这一条界线为止，所有一切浓密的森林，膏腴的平原，富庶的河流，广大的牧场，都要奉你为它们的女主人。"

李国梁模仿夏的舞台腔："冰冷的雪线，闪亮的冰瀑，晚霞，风暴，所有一切，都由珠穆朗玛女神统领，都由她造成巨大的诱惑，或者是顶峰上伟大的荣耀，又或者，是冰凉彻骨的死亡……"

凌晨。

一个队员起来方便。

营地事先设置了一条安全绳。方便的人出了营地要沿着这条安全绳，在深谷边缘解决问题。安置这个绳索，是为了队员在大风雪时不致迷失方向，回不到营地。这个队员半梦半醒，嘴里发出若有若无的声音，像是在哼唱，又像是在呻吟。星星的光亮照出绳子在冰雪上蜿蜒的模糊影子。他手牵着绳索，仰头看着天上又大又亮的星星，绳子到了头，末端上的绳结阻住了他的手。他依然望着星星，梦呓一样兴奋地絮语着，继续往前。绳结从他手中脱出。他一脚踏空，在陡峭的坡面上下坠十几米，然后在北壁的大冰瀑上飞起来，像一只黑色的巨鸟。

一声惨叫划破夜空，打破了营地的寂静。

李国梁惊醒，抬手看看手表，时针指向早晨四点。

那个少了一人的帐篷里发出更惊惶的呼喊。

每一顶帐篷都醒来。

李国梁冲进那顶帐篷，那个队员神情恍惚，指着旁边的空睡袋："他上厕所去了。"

这时，醒来的人们都聚集到了那个队员的下坠之处，雪地上只有一行脚印，通向悬崖边缘。

四十八　大本营指挥帐篷　凌晨

步话机突然响起。

王五洲从行军床上翻身而起。

黑暗中传来李国梁的声音："一个队员方便时滑坠下北坳冰壁！"

"滑坠？睡觉怎么滑坠。"

"他起床方便，脱离了保护绳！"

"谁？"

"为了增加突击队人数，从科考队自愿报名来的新队员。"

黑暗中，王五洲沉默着。

李国梁在步话机中声音急切："队长！队长！"

"现在，你是突击队长！"

另一张床上，曲松林坐起身来。

李国梁的声音："建议精简队伍，这些新队员缺少训练，我担心……"

"我现在需要的不是你的担心，而是你的信心！计划不变，马上就四点半了，全队起床，原定出发时间不变！"

"我想组织几个队员下去搜救！"

黑暗的帐篷重新陷入寂静，只听得见王五洲沉重的呼吸声："不行，搜救任务交给6500米的后勤队。你要振作精神，安定人心，准时出发！"

李国梁："可是……"

曲松林终于开口："突击队全体唯一的任务，就是冲顶成功！你李国梁是突击队队长，更要担起这个责任。"

王五洲："老曲，我已经很动摇了，你就不要再说动摇我信心的话了！"

曲叹气："那是一条条人命啊！"

王语气坚定："我相信每一个报名的同志，都明白这个任务有多么光荣，也都有牺牲自己的准备。"

曲沉默半响："牺牲？那当年你为什么宁愿丢掉摄影机，也不让我死？要是保住了摄影机，留下登顶资料，日里诺夫斯基教练，还有那些外国人还怀疑个屁！你以为看着大家登山犯险，我乐意瘸着个腿种菜喂猪煮饭？我倒宁愿要么上去，要么死亡！"

高山上的醒来也比平地上麻烦许多。

从睡袋里睁开眼睛，看见帐篷顶上自己呼出的气息结成了白霜。离开睡袋需要勇气，穿上厚厚的登山服，穿上登山靴需要付出体力。生炉子，化冰，一切动作，在海拔七千多米的高度上都变慢了。水开了，该吃东西了，好多人却没有胃口。扎西提着一把壶，挨着帐篷送茶。他说："喝吧，喝了茶就有胃口了。"

他来到昨夜就消失的队员的帐篷。与他同帐的队员连水都没烧，他在炉子上烘烤冻硬了的袜子。扎西生气了："为什么昨晚不烤？"

在这个高度，缺氧和疲惫要么使人脾气急躁，要么使人麻木漠然。那个队员漠然看他一眼，继续在火上烤他的袜子："不用烤干，烤软了能穿上就行。"

扎西又问："你的伙伴呢？"

那个队员依旧反应迟钝："他说他出去拉屎。"

"什么时候？"

"什么时候？半夜里吧。"

"你怎么不说？！"

"我睡着了。"

"肯定出事了!"扎西转身沿着那条营地前的指引绳。果然,一串脚迹印在雪地上。脚印没有在绳子断头的地方停下,而是继续往前,然后,从崩塌的雪檐上消失了。

这在营地里引起了一片混乱。许多人围在那个队员跌落的地方,久久不肯离去。那个与跌落的队员同一帐篷的,只穿着袜子就出来了,他目光散乱:"他出去时没有叫我。他真的没有叫我。"

王五洲在步话机里不断催促:"把坠落的队员交给后勤队,突击队立即出发!"

李国梁还在坚持:"到8300还有时间,让我下去看看。"

王五洲语气专断:"你要是下去,就不许上去了!"

队伍这才向着上方的山脊出发,这比预计的出发时间已晚了两个小时。

四十九　大本营　白天

下午一点了。

突击队在山脊上拉开了一条长线，前头的队员和最后的队员拉开有好几百米的距离。在这样的海拔高度上，这段距离相当于两到三个小时的攀爬时间。

大本营帐篷前，架起了望远镜。王五洲一直站在镜架前，望着山脊上前进的队伍。

曲松林也在他身边："要么，叫落后太多的队员撤下来吧。"

王沉重地摇头："山下的指示，要有二十多人上到顶峰，把他们撤下来，人就不够了。"

曲松林："你相信后面那些人能够上到顶峰吗？"

王看看手表："再等等，过两个小时再看吧。"

气象调查队那边，徐缨也守着一架望远镜。她也在看着山脊上那支距离越拉越大的队伍。

那道山脊，前一半，覆盖着深厚的积雪，行走起来相对容易。后一半，大风几乎吹光了积雪。层层石岩裸露，只在岩石缝隙间残存着冰雪。那一段路，登山靴上套着防滑冰爪的队员们行走起来特别艰难。

绒布寺的老喇嘛出现在大本营上方的山脊上，他眼望着那三十多个散布在山脊上的队员祈祷平安。

徐缨松了一口气，她看见最前面一组队员已经到达三号营地。

王五洲也看见了，他看见最先到达的几个人，有三个人坐在帐篷外。

还有两个人竟然没有停留，继续向上攀登。

他在报话机里喊："李国梁！李国梁！是谁上去了？"

"是扎西和夏伯阳！"

"叫他们马上下来！乱弹琴！叫他们下来！"

两个人迟疑半天，下来，钻进了帐篷。

起风了，每天下午都会从对面横吹来的风，狂暴地扑向北坳山脊。

这风是看得见的。风在对面山上卷起了积雪，像一片巨大的纱幕掩杀过来。碰到积雪深厚的北坳时，把更多的积雪卷到空中，变成狂暴的怒涛般的云雾，瞬间就掩去了一切。

任凭王五洲在报话机里怎么呼喊，话筒里传来的只有风的嘶吼，和出口就被撕成碎片的断续人声，没有一个连贯的句子。风狂暴翻卷，从下至上，把三号营地和上方的第二台阶也一并遮掩得严严实实，什么都看不见了。

五十　6500米一号营地　白天

营地上方几百米处山呼海啸，雪暴变成乌云遮断了阳光。

那名坠落队员的尸体刚被运到山下，多杰贡布看到北坳山脊上的情形，不假思索便喊："集合！"

后勤队有五六名队员穿戴整齐，迅速集合。

多杰贡布指了指山上："每人一盘绳子，一壶热水，跟我上！"

黑牡丹也站在队伍里，多杰贡布走到她面前："你害怕死人，出列！"

黑牡丹挺挺胸依然站在队列里，多杰贡布把一把哨子套在她脖子上："看不见人时，用这个联络！"

这支救援队伍以难以思议的速度，攀登向上，很快就消失在北坳的暴风雪中。

五十一 大本营 白天

望远镜里，除了狂躁的风暴，什么都看不见。

王五洲依然站在那里。

徐缨从气象观测站过来，站在了他身边。

她没有安慰他："此时风速每秒二十八米，气温零下三十多度。暴露在山脊上的队员，很少能够扛住。"

他看她一眼，眼光里露出无奈与软弱："多杰贡布带人上去救援了。"

她伸手扶住他，语气温柔："回帐篷去，喝杯热茶。你十几个小时没吃东西了。"

他摇晃一下身子，差点就倒在地上。

五十二　大本营和北坳山脊
一组交替的镜头　夜

山上的狂风渐渐止息。

王五洲艰难地从帆布椅上起身，走到帐篷外，看见满天星光，看见珠峰的冰雪峰顶在夜空中寒光闪闪。

王拿起步话机，镇定一下自己："突击队，突击队，报告情况！"

山上，赵军钊躺在帐篷里，一个医疗仪器包打开，她的任务还包括对自己的身体做一系列医学数据的采集。她正在从自己手臂上抽血，她在血样上写上8300的字样，以备下山后做血红素数量等数据检测。她放下针管拿起步话机："报告大本营，报告大本营！十三名队员到达三号营地。"

"李国梁呢？他上哪去了！"

"他带人下去接应了！"

王声音低下去："三十名队员，二十九人从北坳出发，还差十七名。"

步话机里传来多杰贡布的声音："接应到十四名队员，全部程度不同地冻伤！"

山脊上，李国梁、夏伯阳和扎西找到了那名伙伴走失的队员。这个没有烤干袜子的队员双脚严重冻伤。他们找到坐在岩壁下的他，几只头灯交叉照在他身上。他表情茫然，脱下了登山靴，抱着双脚。他浑身颤抖，脸上凝结着冰雪："我找不到我的脚，我找不到我的脚！"

多杰贡布和黑牡丹看见了灯光，爬上来，在风雪中和李国梁他们会合了。

那个队员已经无法行走。扎西从自己背包里拿出睡袋，和夏伯阳一起把他塞进去，捆扎起来。

两名看见灯光的队员向他们走来。

这两名队员只是在风暴中偏离了山脊路线，藏身在一条岩缝里躲避风暴，他们体力尚好，可以继续攀登。

多杰贡布和李国梁的头灯照耀着彼此，没有说话。

黑牡丹的头灯照在李国梁脸上，李国梁的头灯也照向了黑牡丹的脸，两个人也没有说话。

多杰贡布拿起步话机："大本营，大本营！最后三名队员找到。一名严重冻伤。两名与突击队会合，继续登顶！"

多杰贡布和黑牡丹用保护绳牵引着那个包在睡袋里的伤员，往山下去。

李国梁、扎西、夏伯阳和归队的队员继续上山。

风雪减弱，从大本营可以看到北坳山脊上，一串灯光向上，一串灯光向下。在浓重庞大的山体上，灯光显得那么微弱。

五十三 8300米营地 夜

风停下来，星星又大又亮，闪烁着寒光。

天上的云彩，边缘被不知从何处射来的光芒照亮。

李国梁他们到达三号营地的时候，帐篷里能动的队员都拥了出来。

他们默默拥抱，每人手中都被塞进了一杯热茶。

赵军钊没有出来，她正躺在帐篷里，手腕和脚腕上都扎着心电仪上的电线，她侧耳倾听外面的动静，又转脸去看心电仪上的数字。

帐篷里，用一杯热茶捂热冻僵的双手，手上的痛楚让夏伯阳倒吸了一口凉气。这时，他才发现，一只手套不知什么时候没了，手被保护绳严重拉伤。手掌伤口上留着绳索清晰的纹理。

他乱了方寸，握着那只受伤的手，出了帐篷。

另一顶帐篷里，李国梁手捧着热茶，赵军钊把步话机端在他面前。

李国梁重复王五洲的话："是，下午依然有大风，队伍抓紧休息，两点出发！天亮前在第二台阶架设好金属梯。"

帐篷空间狭小，燃烧的煤油炉挪到门边，也是为了燃烧的废气排放到帐篷外。炉子上，冰块正在缸子里融化。

夏伯阳握着伤手闯了进来："赵医生！我的手……"

赵军钗一声惨叫。夏伯阳一脚踢翻了煤油炉，那一缸开水全淋在她只穿着袜子的脚上。

李国梁捂住了赵军钗的嘴。

所有睡下的队员都惊了一下，没有人听到第二声惨叫，以为自己出现了幻听，长呼一口气，又睡下了。

赵军钗一点点脱下袜子，脚上的皮肤被揭了下来。

赵军钗用怨恨的目光盯着夏伯阳，因抑制哭声而全身颤抖，泪水，像断线的珠子一颗颗掉落。

李国梁打开医疗包，想为她处置烫伤。赵军钗摇着头："不，不，不，不……"声音伤心欲绝。

夏伯阳不知自己如何回到帐篷里，沉重地倒下。

又起风了，帐篷被风撕扯，发出巨大的声响。他睡不着。听见扎西浑身打战的声音。头灯下的扎西没有睡袋，紧紧蜷缩着身体，意识模糊。扎西的睡袋用来包裹那位冻伤的队友了。

夏伯阳念叨："罪过!"还是朗诵的腔调,"这是轻慢!狂妄!犯下的罪过!"他打开自己的睡袋,脱下扎西的登山靴,把他塞进了睡袋。

他蜷缩在帐篷一角,不时打开头灯,看见暖和过来的扎西渐渐睡着了。

他似乎听见赵军钊的帐篷里传来隐隐的哭声,他用手捂住了耳朵。

五十四　北坳营地　凌晨两点

步话机又响起来。李国梁在喊："起床，准备出发！"

夏伯阳意识模糊。

他已经冻得无法动弹身体了。

他对醒过来的扎西说："你一定要上去，兄弟，你上去，就是我上去了。"

扎西把他包在睡袋里，双手合十，说声"山神保佑"就钻出帐篷，背上金属梯，拉上帐篷门前，最后看了夏伯阳一眼。

夏伯阳努力笑了一下，但脸容那么僵硬，他只是很难看地咧了一下嘴。

队伍又出发了，没有一点声音。

黑暗而冰凉的空气中，只传来脚步声，和队员身上那些金属环扣互相撞击的声音。

队伍走远了。

空荡荡的营地，隔壁帐篷里响起赵军钊声嘶力竭的哭声。

夏伯阳用登山绳把自己和睡袋捆扎起来。他把冰镐插在睡袋上，双手撑地，滑出了帐篷。

他经过赵军钊的帐篷，里面悄无声息。

他想冲着帐篷说句什么，张开嘴巴却没有发出任何声音。他一低头，缓缓向山下滑去。

雪坡结束了。面前是一面倾斜的黑色岩坡。

岩石表面，冻结着几块风化的碎石。他滑上那块岩石。岩面上有冰。这使他下滑的速度加快，然后失控翻滚。他没有出声，只是抽出冰镐，胡乱挥舞。冰镐接触到地面，刨起更多的冰与石块和他一起向下坠落。雪地出现，冰镐下冰雪飞舞，越来越深地揳入地下，猛然一顿。他跌进了一片深雪，停住。

夏伯阳吐出嘴里的冰雪。

三号营地已不见踪影，从这里，他也望不见山上的情形。

天快要亮了。

五十五　第二台阶　黎明

突击队聚集在第二台阶那块岩石下。

狂风横吹，残雪与砂石在地上飞溅。每一个突击队员都背上氧气瓶，戴上了氧气面罩。

扎西把两段金属梯用螺栓固定起来。

他喘不上气，觉得口中含着的呼吸管阻住了呼吸，索性扯下了氧气面罩。

金属梯终于竖立起来。靠在了光滑的岩面上，但少了一段，隔着上方还有一米多的距离。背着另一段金属梯的队员还没有上来。

那个背着另一段金属梯的队员和他的结组伙伴在一个拐弯处迷失了方向。

是一只冰镐使他们迷失了方向。冰镐埋在残雪和碎石中，这里，是岩脊下的一个转弯。或者向左，或者向右。他用手擦擦护目镜上的雪花，看见冰镐把指向左边。他没有看见，雪地上前面队友留下的脚印转向右边。他往左边去了。走一阵子，又遇见一个氧气瓶。他用脚踢那只瓶子："谁?"

他看见氧气瓶上的英文字母，不认识。但他认得上面的阿拉伯数字：1924。他仰起脸，粗重呼吸，努力思索。他转过脸，对同一结组绳上的伙伴说："1924，什么意思?"

那个队员单腿跪下，看着氧气瓶："马洛里?"

"马洛里?"

"那个人说，山就在那里。"

"山在哪里?"

再往前，他们脚下是一面近千米高的断崖，气流在从下面升上来，冲得他们身体摇晃。

"我们迷路了!"

第二台阶前，风暴越来越猛烈。

一个队员站在金属梯顶端，想在岩石中打进冰锥，固定金属梯。但他一松开紧抓梯子的手，举起冰镐，就被风从梯子上吹落下来。

又一个队员上去，又被吹落下来。

五十六　冰塔林地带　白天

字幕：一天后

攻顶失败的突击队正在下撤。

扎西肩扛着保护绳在雪地上拖着包在睡袋里的夏伯阳。

冰裂缝上架着金属梯，就是在多杰贡布差点坠落的地方。扎西把夏伯阳捆在金属梯上，松开了固定螺栓。

对面的多杰贡布用绳索连金属梯一起把夏伯阳拖到了对面。

扎西再用绳索把金属梯拉回来，架在冰裂缝上。

李国梁搀扶着赵军钊的身影出现在视线里，黑牡丹迎了上去。她接替李国梁架着赵军钊走到冰裂缝边。金属梯容不下两个人同时通过。多杰贡布在对面，让黑牡丹把赵军钊绑在金属梯上，他要把赵军钊用和夏伯阳同样的方法拉过来。

赵军钊挣脱了搀扶，她用冰镐撑持着烫伤的脚，走上了金属梯。每迈出一步，冰镐尖都在金属梯表面留下一道清晰的划痕。赵军钊人高，冰镐太短，这使得她不得不把身子侧向握着冰镐的那只手，这等于是侧向金属梯外的冰裂缝。这样，摇摇晃晃走到中间，承受着她倾斜身体的冰镐发出一声刺耳的金属摩擦声，镐尖从光滑的金属梯上滑脱，赵军钊身子一歪，掉进了冰裂缝。她的身体猛然下降，一下就从人们眼前消失了。李国梁扑向保护绳，紧紧抓住。赵军钊在冰裂缝中高悬着身体。她绝望地闭上眼睛，没有呼救，没有发出任何一点声音。上面在呼喊她的名字，她也没有回答。她一脸平静的绝望。但她还是感到上面的力量，身体缓缓上升。她的眼睛又闪烁出对生的渴望。

李国梁一把一把往上拉动绳索，已经看见赵军钊的一只手攀到裂缝边缘了。这时，他见冰缝裂到了自己脚下，然后，脚下变得松软，他也掉进了冰缝里。他和赵军钊一起下坠，这一下，至少坠落了二十多米，下方的冰缝突然变窄，把两个人紧紧卡住，动弹不得。

他们在冰缝中卡得那么紧，上面降下的绳索怎么也不能把他们拉出来。

下面更深处，回响着融雪水在地下奔流的声音。

黑牡丹绕一个大弯，下了一道冰壁，来到了冰裂缝的下方。

　　她找到一个融雪水冲出的冰洞，手脚并用爬了进去。

　　就这样，她居然来到了冰裂缝下方，抬头看见卡在冰裂缝里的两个人。她用冰镐刨挖冰壁。冰块哗啦啦啦坠落。两个人身体松动了。李国梁用绳索把身上的摄影机绑好，先放下机器，这才让黑牡丹用冰镐继续刨挖。冰壁崩塌，李国梁冻僵的身体直通通从上方坠落下来，下面是冰和坚硬的岩石。黑牡丹迎上去，让他先砸在自己身上，自己抱住李国梁的身体重重地砸在地面上。赵军钊也掉下来，落在李国梁身上，黑牡丹口吐鲜血昏了过去。李国梁摇晃她，呼喊她。她醒来，喘息一阵，推开李国梁自己挣扎着滑出了冰洞。

五十七　拉萨　医院　白天

黑牡丹和赵军钊躺在病床上。

李国梁站在床前，有些手脚无措。黑牡丹不看他，把脸侧向一边。

医生办公室，医生拿着一张胸片，对王五洲说："这个病员，你们叫她什么？"

"黑牡丹。"

医生赞叹："她身体恢复得也太神速了。最多一个星期，就可以出院！"

"两个人砸在她身上，都吐血了！"

"气管、肺部有损伤，没想到愈合得这么快，这么好！"

"赵军钊呢？"

医生摇头："先是烫伤，又叠加冻伤……加上当时没有及时处置。"

王五洲情绪低落："没有药啊，谁会想到在那么冷的地方，会有烫伤。"

"面罩人"推着轮椅出现在黑牡丹和赵军钊病房。

赵军钊闭上双眼，假装昏迷或者睡着了。

黑牡丹好奇地看着这个传说中的大人物。

他一出现，好像山上的风暴立即使病房里气温下降，空气被冻住了。

李国梁也有些好奇又有些害怕地打量着他，脸上慢慢变成冻僵了的表情。

"面罩人"的轮椅在病房里转了一个圈子，像那些艰难攀登的人一样，从面罩后发出粗重的呼吸。

夏伯阳病房。

夏伯阳躺在床上，他的两只小腿大部被截去，被子下面该隆起的那一段空着。

他不往那里看。他哑声对扎西说："再替我按摩一下，也许马上就能恢复知觉了。我身体都暖和过来了，腿也会暖和过来。"

扎西伸出手，对着空被子下已经不在的腿假装按摩。

王五洲站在旁边，想说什么却没说出口。

夏伯阳闭上眼，脸上浮现出怪异的笑容。

"面罩人"的轮椅进来了。他依然在氧气面罩下发出粗重的呼吸。他看看床上的夏伯阳，然后，紧盯着王五洲。王五洲的目光也毫不退让。"面罩人"的眼光像在燃烧，但那疯狂的火苗瞬间熄灭。

"面罩人"自己转动着轮子在病房里转了一圈，停下，又默不作声地转了一圈，然后慢慢滑向病房门口。

在那里，他停下轮椅，对王五洲说："我没有想过你们会登不上去。想知道我是怎么想的吗？我老是在想，珠穆朗玛峰顶，也是国境线。登山队该如何确保自己没有站到国境那边？我是不是太操心路线问题了。"

王五洲冷笑。

"有个消息你肯定喜欢听：我要走了，你们的老政委正在赶来，你也官复原职了。"

王五洲挺直了身躯。

"面罩人"继续说："我就坐他来的飞机回去，和床上这个废人同一架飞机。"

然后，他抬腿蹬开病房门，转着轮椅出去了。

王五洲长舒一口气。

夏伯阳紧闭的双眼间流出了泪水。

五十八　北坳冰壁　白天

第二次攻顶又开始了。多杰贡布带领新组建的突击队正在向上攀登。

这时，往三号营地运输物资的后勤队正从山上下来。

后勤队让开道路站在陡峭的冰壁上，让突击队先上去。

黑牡丹非常熟练地把冰镐插进冰里，系上保护绳。还用冰爪踢出一块小台阶，然后才稳稳地站在上面。

突击队员一个又一个经过他面前。

李国梁上来了，经过她面前时，两个人只是对视了一下。李国梁走出几步，停下，又手拉着保护绳下来。他从身上掏出红绒布包裹的口琴，塞到黑牡丹手上。笑笑，又继续攀登。

黑牡丹热泪盈眶。

李国梁耳边响起曲松林的话："她是一个孤儿，十年前，她流浪到训练营，是我收留了她。"

五十九　大本营　指挥帐篷　夜

新来的政委和徐缨俯身在工作台上，两个人低声交谈。

王五洲睡在行军床上。

他手边散落着两张照片。一张是自己寄给徐缨的那张。一张是徐缨带着儿子在北海公园划船。照片的背景上，那座白塔若隐若现。

王五洲额头上沁出大颗大颗的汗珠，他在挣扎，行军床嘎嘎作响。

徐缨回头，眼光里满是怜惜，对政委说："他又做梦了，又在山上了。"

刘政委叹口气，拿起话筒："突击队！报告情况！"

传来多杰贡布的声音："正在靠近第二台阶！一切正常！"

六十　第二台阶　夜

字幕：十五年前

头灯光芒中，雪片疯狂飞舞。四个人困在第二台阶那块光滑的岩石下面。

王五洲寻找细小的岩缝向上攀登。不知是第几次艰难地上升身体，手从浅浅的岩缝中滑脱，人沉重地坠下。

几个人蜷缩在岩石下面背风处："天要亮了。"

王五洲起身："我再试一次。"

刘大满说："我们用消防队的办法，搭人梯吧。"

刘大满蹲下身子，用手掌拍拍自己的肩膀："踩这里。"

在这个高度上，一切思维与行动都显得迟缓。

曲松林、多杰贡布和王五洲互相用头灯看着彼此，好像没有明白过来。

刘大满催促："来呀！"

王五洲抬腿，多杰贡布扶着他的腿踩上了刘大满的肩膀。登山靴上的冰爪刺破了羽绒服，转瞬之间，露出的羽绒就被风卷走。钢钉刺进了肉里，刘大叫一声，倒下，他肩上的王五洲也跌落下来。头灯下，刘大满的肩膀上绽出的白色羽绒上沾上了血迹。

刘大满又蹲在了岩石下方。

曲松林坐在地上，脱下登山靴。立即，寒气就袭上了他的脚掌，他跺跺只穿着厚袜子的正在迅速麻木的双脚："我个子高，我上。"

曲松林被扶上了刘大满的肩膀。刘大满挺身，却撑不起他的身体。多杰贡布抱着他的腰，王五洲扶着他的双腿："一、二、三！"

刘大满终于挺立起身体，把曲松林送到了高处。

曲松林四处摸索，隔着厚厚手套，什么都摸索不到。他脱下手套，掖进腰间，继续摸索。手抠到了一道裂缝，另一只手也抠到了一道裂缝。他大喘几口气，靠两只手的力量牵引身体垂直向上。一条腿抬起来，寻找支点。蹬紧。再腾出手来寻找更高处的裂缝。

终于，他上去了。

下面的几个人倒在岩石下，拼命呼吸。

爬上岩石顶端的曲松林一阵眩晕，眼冒金星，差点跌落下来。他稳住身体，趴在岩石上大声喘气。渐渐，眼里乱舞的金星变成了挂在夜空中的星星。他看见明亮的启明星已经挂在了天际线上。

他取下斜挎在肩上的那圈绳索，手上没有工具，不能作固定。他把绳索在身上缠绕一圈，抛了下去，拼着体力把下面的人拖上来。

多杰贡布上来了。

王五洲也上来了。

刘大满也上来了。

珠峰金字塔形的峰顶出现在他们眼前。

他们替曲松林按摩冻僵的双脚，替他穿上靴子，继续向前。

为搭人梯几乎耗尽体力的刘大满走得跌跌撞撞。

六十一　第二台阶　黎明时分

多杰贡布带领几名队员来到第二台阶下。

上次攻顶架起的金属梯泛着幽微的冷光。一个队员爬上去，连接上最后一段金属梯。

下方，几名队员还在艰难攀登。绝壁之上，横切的道路狭窄。登山靴在表面冻结着碎石和冰雪的黑色岩面上寻找落脚点。

李国梁带着几个队员也来到了第二台阶下。

队员们一个又一个沿着这道金属梯攀援而上。最后，全队都站在了第二台阶的顶端。珠峰峰顶已经可以望见。身后，是正被曙光照亮的苍茫无际的青藏高原。

李国梁开动摄影机，拍下这场景。

六十二　大本营指挥帐篷　黎明时分

话筒里传来多杰贡布的声音："大本营！大本营！全队已登上第二台阶！"

王五洲从行军床上翻身坐起。

政委对他说："他们上去了！"

王五洲还停留在当年的梦境里："上去了？"

徐缨拉着他的手："五洲，突击队登上第二台阶了！"

政委对着话筒："再报告一次！"

多杰贡布的声音从话筒里清晰地传来："全队已经登上第二台阶！"

王五洲清醒过来，奔出帐篷，用望远镜望向山上。除了珠峰隐约的轮廓，眼里只有黑沉沉的山体。

六十三　海拔 8700 米　珠峰山脊　白天

李国梁在拍摄行进中的队伍。

队员们沿着一条并不陡峭的山脊鱼贯而上。珠峰的峰顶如在眼前。一线拉开的队员们走得跌跌撞撞。

李国梁放下摄影机。他弯下腰，大口呼吸。

多杰贡布拍拍他的肩头。他直起腰，脱掉氧气面罩，说："节奏，节奏。一步，呼吸三次。二十步，休息。不对，走不了二十步。十步，休息。"

多杰贡布拉下面罩："你说什么？"

"经验。我们的队员都没有经验。"

"谁的经验？"

"马洛里登山队。1924 年，他们到达过这里，留下了记载。"

李国梁再次举起摄影机，此刻，珠峰躲入新起的云雾中消失不见了。

暴风雪从山顶上向下压来。

多杰贡布举起冰镐，指向迅速下降的风暴，每个人都动作迟缓，都在艰难地一步一步挪动双腿。没有人注意到他的警告。

狂风裹挟着暴雪把走到前面的队员瞬间吞没，雪片扑到护目镜上，视线立即变得一片模糊。李国梁面前，只有和自己同一结组的扎西的身影隐约可见。

他们顶着狂风艰难地前行。

面前出现了一道断崖。层层的岩石形成可以攀爬的阶梯。有了岩石的遮挡，风小了一些。前面的队员没有向上攀爬，而是沿着岩层下平坦些的地面茫然转弯。

六十四　大本营指挥帐篷　白天

王五洲一直在呼叫，掩入风雪中的突击队没有回答。

政委："他们一定是转到了山脊后面，收不到信号。"

"那说明他们迷路了！"王五洲有些暴躁，"不是说有连续三个好天气吗？"

徐缨愧疚地说："没想到低压槽提前形成了。"

政委说："只能怪我们过去不重视科学，没有积累当地的气象资料。"

"你是说风暴不会停止吗？"

徐缨摇头说："也许下午会减弱一些。"

六十五　海拔 8700 米　白天

队伍基本没有上升，而是在风雪中横向行走。

直到一道更为陡峭的岩壁下面。

他们意识到迷路了。

有队员对多杰贡布喊："你不是上去过吗？怎么会迷路?!"

多杰贡布无力地辩解："那是晚上，又饿又累，除了峰顶，什么都看不清楚。"

李国梁建议："不如就地休息一下，等看得清楚了再走。"

队员们寻找岩缝、雪坑，一切可以稍微躲避狂风的地方，蜷缩起身体。扎西神情茫然地用冰镐敲击岩石。那块岩石被敲击下来，上面露出一只海螺的纹样。他脸上露出梦幻般的微笑。

多杰贡布躺在一个雪坑里，意识模糊。他眼前幻化出当年登顶时的情形。

六十六　珠峰山脊　夜

字幕：十五年前

珠峰若浮若沉，在眼前晃动。

又一道岩壁阻住了他们前进的路线。

好在，层岩构成的岩石正好形成可供攀登的阶梯。

王五洲上去了。

曲松林上去了。

刘大满连续几次跌落下来。

他躺在崖壁下，对多杰贡布说："我没有力气了，上不去。告诉队长，我在这里等你们下来。"说完，就昏迷过去了。

多杰贡布扒开岩脚的积雪，把他塞进岩腔下，又检查了一遍他的氧气面罩是否扣好。

三个人摇摇晃晃地继续向上攀登。

刘大满醒来。他只有孤身一人。

天边，晨光熹微。

他从身上摸索出一张纸，用铅笔在上面写下："我不行了，不要救我。氧气留给你们。"

然后，他脱下面罩，关上了氧气阀门。

六十七　珠峰山脊　白天

下午三点。

风依然猛烈地刮着，但雪小了很多。

当他们重返到山脊上的正确路线时，大部分人体力耗尽。

多杰贡布不肯下撤，他找了一个避风的地方，和山下通话，他要组织几个体力尚存的队员对顶峰发起冲击。

经过休息，体力稍有恢复的多杰贡布，又重新担负起带领攻顶的任务。

他问李国梁有没有把握。

李国梁说："如果没有摄影机，肯定没有问题。"

多杰贡布坚决摇头："我们第一次登顶，就是因为失去了摄影机，没有图像资料，外国人才不肯承认。"他对李国梁说："你是全世界的眼睛。"

只剩下五个人的队伍再次聚拢出发，其余队员默然下撤。有几个队员把存量不多的氧气瓶放下来，供登顶队员下撤时使用。

再过一百多米，就是通向顶峰没有什么大障碍的平坦山脊了。

事故就在这时候发生了。

走到队伍前面和贡布结成一组的李国梁停下来，等着前面三个队员一步一喘走过他面前。

李国梁举起摄影机拍摄他们前进的身影。

这时，珠峰的峰顶奇迹般地从风雪中显露出来。但他从镜头里看不见顶峰，要拍到队员前方的峰顶，必须稍微靠边一点。

山脊窄如刀背，往左往右都是闪闪发光的陡峭冰坡。往右似乎要平坦一点。从上面看不见那平坦的硬雪下其实是悬空的雪檐。李国梁挪动脚步，屏住呼吸，从镜头中看见队员的身影前出现了顶峰的影像。一个队员走过，两个队员走过，三个队员走过。这时，他脚下雪檐崩塌了。

李国梁顺着冰面飞快地下坠。

多杰贡布刚把冰镐深深揳入冰雪中，就被呼呼作响的保护绳拉倒了。他也开始下坠，要不是扎西返身，扑下身子死死压住了冰镐，两个人就一起坠入深渊了。大家趴在冰面上喘息一阵，一个队员压住冰镐，两个队员紧抓着多杰贡布的腿，僵持在那里。

倒悬着身体的多杰贡布拼命往上收绳子，李国梁也一点一点慢慢往上攀爬。

但上面的人和下面的人早就没有了力气。

李国梁终于接近多杰贡布了，他托着摄影机，拼命推到多杰贡布手边。多杰贡布再伸手拉他时，他摇摇头，口中溢出一股鲜血。

在几位队友呼喊声中，李国梁打开连接在保护绳上的金属环扣，穿着红色羽绒服的身影，飞快下坠，凌空飞向了无底的深谷。

暴风雪再次袭来，珠峰峰顶消失。

无声，一切无声。只有狂风卷着暴雪扑在护目镜上模糊了视线。

那些雪片，像鸟，像蝶。

六十八　绒布寺下方　冰川前端　白天

人群环绕，祭台上熊熊的火焰正在焚化李国梁的尸体。

上方的绒布寺，喇嘛们吹响了大象哀鸣般的长长筒号。

老喇嘛面容悲戚，手拿着一只白色海螺呜呜吹奏。

火葬仪式结束后，人群默默散去。只留下几个人收集骨殖。

黑牡丹把李国梁的骨殖装进了一只小口袋。那是李国梁装口琴的丝绒袋子。

黑牡丹怀抱装着李国梁骨殖的口袋去了山上的绒布寺。

老喇嘛问她："要替往生的人向山神忏悔吗？"

黑牡丹说："我来问您，为什么山神准外国人上去，不让我们中国人上去？"

老喇嘛看着扎西："你也是这么想的？"

扎西眼睛里燃着炽烈的火焰。

老喇嘛脸上显出复杂的表情，他展开另一张卷轴画。

这幅画上的山神是佛教画像中慈眉善目的度母形象。

老喇嘛对着这幅画像跪了下去，合掌祈祷。扎西和黑牡丹也跟着跪下了。扎西从怀里掏出从珠峰上带下来的海螺化石放在了神像面前。

老喇嘛看着那块海螺化石，眼里露出惊异的目光。

六十九　大本营指挥帐篷　白天

登山队士气低落。

政委在指挥部里用电台与北京联络。大家都围在帐篷外。

王五洲沉着脸走出帐篷，望着围拢过来的队友，宣读电文纸上的文字："珠峰登山队全体同志：党中央、国务院谨向你们致以衷心的问候！同志们辛苦了！"

许多队员泣不成声。

"全世界的目光都在看着你们。希望你们发扬一不怕苦、二不怕死的革命精神，重整旗鼓，总结经验，树立信心。全国人民都在等着你们的好消息！"

除了登山队的人，参加珠峰科考的很多人也默然聚集过来。

风，振动着指挥帐篷上的五星红旗，噼啪作响。

王五洲声音嘶哑："根据气象预报，五天后还有今年春季最后一个窗口期。原来登顶突击队只剩下六名队员，我们将从后勤队和其他科考队中征集选拔登顶队员！"

聚集起来的队伍默默散去。

王五洲也垂头回到了帐篷内，颓然倒在行军床上。

徐缨来了。

她调制好刮脸的肥皂水，在热水盆里浸上一条毛巾，端到帐篷门口。

徐缨回到床前："五洲，你这样对不起牺牲和伤残的同志。"

王五洲从床上坐起身来，泪水，从他的脸上潸然而下。

徐缨拿起一面小镜子："把自己好好收拾一下。"

王五洲看看床头上儿子的照片："这次，我要亲自带领突击队。"

徐缨强忍住泪水，深深点头。

王五洲站起身，把徐缨紧紧拥进怀里。

王五洲出了帐篷，坐在帆布椅上往脸上涂满肥皂沫，对着徐缨端在手里的镜子拿起了剃刀。他的眼睛里露出了专注而坚定的神情。

队员们出现了。

他们拿着刚写好的决心书，前来要求参加攻顶突击队。他们走过王五洲的面前，钻进指挥帐篷。

他们在政委面前，把决心书放在桌子上，用珠峰的石头压住。再一个人进来，添上一张，还是用那块石头压上。

他们从帐篷里出来，眼光都投向珠峰顶上。他们没有散开，都聚集在指挥帐篷前。

赵军钊架着拐，吊着还缠着绷带的伤腿也出现在王五洲面前。

王五洲用热毛巾擦干净脸："交了决心书的同志，到赵医生那里检查身体！队里批不批准，要看医学数据！"

七十　第二台阶　黎明

突击队正在通过金属梯翻越第二台阶。

王五洲站在金属梯面前。没有人说话，只有粗重的呼吸声此起彼伏；只有攀登队员脚上的冰爪和金属梯相互磕碰的声音。

一个队员上去了。身影从岩石顶端灰蓝色的天幕上消失。

王五洲拍拍又一个队员的肩膀，这个队员又开始攀登。

王五洲最后一个攀上金属梯。他拿起步话机，声音坚定："报告大本营，全队在预定时间越过第二台阶，一切顺利！"

七十一　大本营指挥帐篷前　白天

从肉眼也可以看到突击队在珠峰山脊上拉出一条长线。

多杰贡布把眼睛从望远镜头前挪开，对政委说："节奏，前面的队员太着急了，这样太耗费体力。"

政委向山上呼叫："五洲，五洲！节省体力，控制节奏！"

徐缨忧心忡忡："午后又要起风！"

七十二　海拔 8800 米　第三台阶　白天

队员们展开一个"之"字形的队形，攀上风化的页岩构成的第三台阶。

王五洲从队伍中间，开始加速，他要去追赶前面几位过于心急、走得太快的队员。

前面，一个队员倒下了。

倚着背包艰难地呼吸。

看着王五洲上来，他脸上露出梦幻般的笑容。王帮他把氧气瓶开到最大一档。他又摇摇晃晃站起身来。他指指自己的帽子，上面写着中国地质的字样。王做了一个鼓励的手势，超过他，往前面去了。

王五洲终于走在了队伍的最前面。

每走出几步，他就停下来，拄着冰镐深深地呼吸。

队员们明白了他的用意，几步一停，缓慢地顺着平坦的积雪山脊向前挺进。珠峰极顶，就在眼前。

那个帽子上印着中国地质字样的队员又倒下了。

他挣扎几次都没能起身。他解开结组绳上的金属搭扣，无力地扬扬手，让队友们继续往前。

他自己背倚着风化的岩层休息，喘息了好一阵子，转身看见队伍正在接近峰顶，他想站起身，但站不起来。

挣扎的结果，是和背包一起歪倒在地上。背包口绽开，露出几块岩石标本。原来是他一路采集岩石标本，负重太大，耗光了体力。他趴在雪地里，眼光却停留在岩石上。那里有一块海洋生物化石，露出菊花般的浅白纹样。他下意识地伸出冰镐，没有够到，再次努力。冰镐从手中脱落，一口血喷溅到氧气面罩上，他停止了呼吸。

七十三　珠峰峰顶　白天

只要再迈出两步，就踏上珠峰峰顶了。

王五洲停下来，转身等着身后的队员上来。

面前，那个两平方米左右的平坦雪地竟然就是峰顶。

他恍然看见十几年前的情景。三个人趴在雪地上摸索，互相询问："上来了吗？""上来了吗？"他听见自己的声音，恍然看见自己扬起脸来，说："没有再往上的地方了！"

扎西上来了，黑牡丹上来了，站在他身旁。又有一个队员上来了："队长，我上来了！"

王五洲回过神来，和几个队员一起登上了峰顶。

他试试脚下的雪地，雪地很坚实。

又有几名队员登上了峰顶。

他拿起步话机："报告大本营！报告北京！报告祖国！中国登山队九名队员成功登顶！"

步话机里传来多杰贡布的声音："看见了！看见了！"

接着传来政委的声音："金属觇标上去了吗？"

"上来了！"

"抓紧时间，开始工作！"

黑牡丹在峰顶雪地上躺下，一个队员从她身上采集心电数据。

其余几个队员拼接好金属测量觇标，并在上面绑上一面五星红旗。

金属觇标竖立起来，风把五星红旗呼一声展开。

此刻，王五洲才和队员们紧紧地拥抱在一起。在风中猛烈振动的红旗，拍打着他们的头，拍打在护目镜上，他们眼中是满目鲜艳的红光！

七十四　大本营指挥帐篷前　白天

整个大本营沸腾了，欢呼声四起。

多杰贡布却带着接应队离开营地，向着山上进发。

曲松林对着多杰贡布的背影喊："告诉他们，饺子大宴！"

赵军钊泪流满面，徐缨揽住了她的肩头。她扔掉拐杖，投进徐缨怀里，伤心哭泣。

帐篷外传来阵阵欢呼声。

帐篷内的气氛庄严肃穆，政委下达命令："记录下这个时间！"

"报告总指挥：现在是 1975 年 5 月 27 日某时某分！"

"仪器开动，对准觇标！"

"报告总指挥测高组准备完毕！"

"开始测量!"

"报告总指挥:测得珠峰高程为 8848.13 米!"

政委:"我要亲自向北京报告!"

七十五　绒布寺　白天

庙前，老喇嘛望着珠峰顶，双手合十，喃喃道："佛祖在上，这些人今天都成神了。"

七十六　峰顶　白天

队员们开始下撤。

峰顶下方一点，王五洲在岩缝里四处摸索。但他没有找到当年塞在岩缝里的国旗和他的头灯。风雪每天都在改变这里的一切。

黑牡丹留在峰顶。她跪着一镐一镐刨开冰雪，撬开风化的岩石。她把李国梁的骨灰放了进去，再用岩石掩盖。

黑牡丹掏出李国梁的口琴，风劲吹，口琴在疾风中发出了像是歌唱又像是哭泣的声音。

紧系在觇标红白相间的金属杆上的五星红旗猎猎地迎风招展。

起风了。这是来自印度洋的季风。

北归的斑头雁和蓑羽鹤身姿优美，拉开长长的阵列，乘着强劲的气流，正在飞越珠峰，飞向雄浑苍茫的青藏高原。

七十七　珠峰下　8800 米山脊　白天

字幕：四十年后

天气晴朗，彩色保护绳一直延伸到峰顶。

一支商业登山队正在向上攀登。队伍最前面，是重返珠峰的夏伯阳。登山靴套着的一双假肢，正在稳步迈进。

夏伯阳停下，坐在雪地上，松开假肢。截断的小腿与假肢结合处血肉模糊。他深吸一口气，放下裤腿，站起身来，继续向上。

高山协作递过来一根登山杖，替换他手里的旧冰镐。他摇摇头，拒绝了。他挂着那把旧冰镐继续向前。

终于，他迈出了最后一步，登上了山顶。举目四望，群山苍茫。又是五月，又是候鸟北归的时节，它们正在乘着气流，从珠峰南坡盘旋着上升。一会儿没入珠峰的阴影，一会儿又飞进阳光中，翅膀上闪烁着太阳温暖的光亮。

高山协作手中的相机咔咔作响。夏伯阳的耳边欢呼声四起。他恍然看见自己躺在病床上，被子下面的小腿处，空空荡荡。那是床头收音机里传来的欢呼声。

夏伯阳觉得自己眼前，明亮的太阳光线变成了漫天狂舞的冰雪。

他摇摇头，高山协作手里的相机还对着他响着密集的快门声。

他的眼前，天气晴朗，所有雪山都在他的下方，闪闪发光。山间，候鸟群还在盘旋，上升，上升，盘旋。

夏伯阳举着冰镐，高张起双臂。他本是想振臂欢呼，却一下哽咽住了，没有发出声来。

看不见他的泪水。他护目镜的球面上，只有雪山、白云、蓝天，盘旋在珠峰巨大山体前的候鸟群在上升盘旋。

七十八　珠峰大本营　墓地　白天

大本营上方。砾石滩上。

许多墓碑，依次排列开来。所谓墓碑，也就是稍微方正些的砾石上刻着某个人的名字，下面并没有他的尸体。中国人的名字，外国人的名字。从最早从北坡登山失踪的英国人马洛里，还有那些牺牲在珠峰的中国人的名字。

他们面前是一座石头垒成的小塔。上面镌刻的是六十年代和七十年代牺牲在珠峰的中国烈士的名字。

当年的几个队友因为夏伯阳的归来重聚在这座塔前。

扎西来了，赵军钊也来了。

每人都把一块白色的石英石放在塔尖。

当年，是因为让给扎西睡袋，夏伯阳才失去双腿。当时，是因为夏伯阳的不小心，赵军钊才失去了成为第一名登顶珠峰的中国女性的机会。现在，三四十年时光过去，他们都成了六七十岁的老人。

扎西看着夏伯阳，眼里满是愧疚的神情，夏伯阳抱住了他。

夏伯阳看着赵军钊，眼里同样充满愧疚的神情。赵军钊张开双臂拥抱矮她一头的夏伯阳："第一次登上珠峰的时候，我就在心里说，我不恨你。后来，我登上了世界上所有八千米以上的高峰。要是没有那次的遗憾，我可能做不到这些。夏伯阳，我爱你！"

夏伯阳抚摸着塔上刻着李国梁名字的那块石头，仿佛听到口琴声响起，如泣如诉，压过了呼呼作响的风声。

西藏圣山公司大本营的总指挥亲自陪同着他们。

扎西、赵军钊往塔上敬献哈达。

夏伯阳把扎上哈达的那只珍藏了三四十年的老式冰镐，插在了塔前。

他们从怀里掏出一张张照片，放上石塔。那是这些年里陆续过世的当年登山英雄的照片。他们在照片上微笑，从照片上注视着这个世界。

他们是：王五洲、曲松林、黑牡丹……

总指挥拨通了手机，递到夏伯阳手上："有人想和你们说话。"

话筒里传来一个苍老的声音："我是刘大满。"

"老英雄！"

扎西和赵军钊都把耳朵凑了过来："六〇年下来，我就不能再回去了。七五年也没能回去，现在就更回不去了。"

夏伯阳："老英雄，我们的故事里一直有您！"

话筒里传来吃力的笑声。

总指挥又拨通了一个电话："我是多杰贡布！"

这回是视频电话。相貌清瘦的多杰贡布坐在拉萨家的花园里："祝贺夏伯阳！还有扎西和赵军钊！我把儿子介绍给你们，让他好好照顾你们这些前辈！"

"您儿子？"

总指挥："就是我。"

扎西伸出手，那只手只剩下半个手掌。总指挥把那只手用双手握住，使劲摇晃。

电话里传来声音："让我看看他们。"

手机的摄像头转向了，转向了塔上李国梁的名字，另外那些烈士的名字，转向了那些逝者的照片。

总指挥跪下来，点燃了塔前的煨桑堆。一缕带着柏树枝香气的青烟扶摇而上。升高，升高，然后被风吹拂着，偏向珠峰的方向。

珠峰金字塔形的山峰，以千万年来不曾变化的亘古姿态矗立天际。

七十九　尾声

镜头从小石塔上幻化出去，转为黑白。——拉出珠峰英雄们的真实姓名和照片……

2018 年 10 月 20 日晚 10 时起笔于青藏高原仙乃日、央迈勇和夏洛多杰三座雪山下

2018 年 11 月 2 日晨 6 时成稿于阿尔及尔